N'OUBLIE PAS D'ÊTRE HEUREUSE

Élevée au Maroc, à Casablanca, Christine Orban comprend très tôt qu'elle donnera à l'écriture une place importante dans sa vie. Elle respecte pourtant les souhaits de son père en suivant des études de droit, et devient notaire. En 1986, elle publie son premier roman, *Les petites filles ne meurent jamais*, sous le nom de Christine Rheims. Suivent bien d'autres livres. Mariée avec l'éditeur Olivier Orban, Christine Orban respire l'air du large dans sa demeure normande, où elle partage son temps entre ses deux fils, l'écriture, le sport et les brocantes.

Paru dans Le Livre de Poche

Deux fois par semaine
Fringues
La Mélancolie du dimanche
Le Silence des hommes

CHRISTINE ORBAN

N'oublie pas d'être heureuse

ROMAN

ALBIN MICHEL

© Éditions Albin Michel, 2009.
ISBN : 978-2-253-16022-9 – 1ʳᵉ publication LGF

Pour Olivier, Roman et Milan.

« Car rien n'est en soi bon ou mauvais,
la pensée le rend tel. »

SHAKESPEARE,
Hamlet (Acte II, sc. 2).

PREMIÈRE PARTIE

Fédala

Ma mère disait : « N'oublie pas ton chapeau. »

Mon père disait : « N'oublie pas d'être heureuse », et la recommandation valait en toute occasion. C'était à la fois plus simple et plus compliqué : attraper le bonheur comme un gilet dans un placard. Trop impalpable, trop indéfinissable, en cela il ressemblait au sommeil qui ne venait pas si on y pensait.

Fifi avait une solution bien à elle, la vie n'était envisageable qu'à condition « d'être mince et d'habiter Paris ».

Une fois à Paris, les conditions s'enchaînaient toutes aussi surprenantes les unes que les autres. Parmi les plus saugrenues et en première position, elle avait trouvé : la nécessité d'être snob.

1

J'ai toujours rêvé d'être snob.

La première fois que le mot « snob » a traversé mon esprit, c'était sur la plage de Pont-Blondin, un petit village près de Fédala, après l'avoir entendu sans le comprendre de la bouche de notre cousine Fifi.

Snob résonnait comme un de ces noms de chien que mon père affectionnait, un nom court, autoritaire, qui claquait comme un ordre : « Snob, au pied », « Snob, couché ».

Snob aurait pu convenir à notre nouveau braque allemand, si le calendrier n'avait exigé un nom qui commence par la lettre P.

Mon père, qui avait un certain esprit de contradiction, décida d'appeler notre chien : « Plouc ».

C'est ainsi que je devinai que Snob devait être le contraire de Plouc.

La différence entre les habitants de Fédala et ceux que Fifi appelait « snobs » devait être aussi criante qu'entre ses souliers de marque cousus main et des godasses vendues derrière les planches pour quelques dirhams.

Ce fut elle qui inocula le mot dans notre famille. Il s'y développa différemment, comme les virus selon la réceptivité de chacun.

À Fédala, le paysage ne porte pas toujours au rêve ; à l'horizon derrière la maison, il n'y a qu'un champ parsemé de boîtes de conserve rouillées, de chardons desséchés au soleil, de sacs en plastique déchirés accrochés comme des étendards à leurs branches. Par-ci, par-là des cadavres d'ustensiles ménagers voisinent avec celui d'un chat ou d'un oiseau.

Et cependant, dans cet univers chaotique nous trouvions quelque chose à admirer, les épis de blé et les frêles coquelicots, comme autant de miracles sortis de cette terre rouge, dure comme de la roche.

Je ne parle pas du ciel. Le ciel de Fédala est toujours bleu, si bien que l'on ne s'en réjouit pas. Aucun nuage n'entache jamais l'horizon. Le bleu est la couleur normale. Un bleu plat, un bleu sans surprise. Figé, bloqué sur la touche indigo.

Le ciel et les habitants de la région forment un vieux couple. Mes parents aussi étaient un vieux couple et mon père ne s'émouvait plus depuis longtemps de la beauté de sa femme. C'est ainsi. Fifi prétendait qu'à Paris le ciel est vivant, qu'il gronde, s'illumine, passe du bleu au noir, change sans cesse.

Le ciel est le reflet du monde qu'il abrite.

Ici l'air est sain, oisif, sec comme dans le désert qui n'est pas si loin, on peut le respirer à pleins poumons, parce qu'il ne transporte aucune particule, aucune pellicule, parfois un peu de sable et les cendres argentées du four à pain.

De l'autre côté de la maison, il y a la mer, l'océan Atlantique, vivant, agressif comme une ville, avec des marées et des caprices.

La plage est aussi déserte que le champ, mais elle est propre ; quand elle est haute, la marée se charge de balayer coquillages et carcasses, châteaux de sable et pelles oubliées.

Pour ne pas céder à la mélancolie, je partais me promener à cheval le long des falaises ou j'explorais le fond de la grotte aux coquillages, qui tenait dans ma vie la place d'un musée. Là, au creux d'un ormeau, toutes les couleurs de l'arc-en-ciel se reflétaient. Et puis, il y avait l'alternance du vent et des silences qui me berçaient, si l'un m'apportait un message, les autres me donnaient le temps de le décrypter.

Notre vie était paisible sauf quand un vent de folie s'abattait sur elle. Ce vent s'appelait Fabienne Corali, surnommée Fifi, la pimpante cousine de maman, «germaine» comme maman aimait à le préciser avec fierté. Fierté d'avoir dans sa famille une Parisienne qui aimait passer ses vacances chez nous.

Je n'ai ni sœur ni cousine. Ce lien me semblait un cadeau de la nature. J'aurais aimé dire mes frères, mes sœurs, mes cousines, et que nous nous retrouvions nombreux autour d'une table à partager l'affection d'une tante, d'une grand-mère dans une maison de vacances. Nous n'étions que trois, plus Fifi, un chien et un cheval. C'était ainsi. Je suis née dans une famille où l'on se reproduit peu.

Paris exerçait sur nous une fascination certaine. Cela allait de la répulsion à l'attirance en passant par la peur, à cause de Fifi les trois sentiments étaient présents, mais différemment dosés.

Le principal effet du virus qu'elle inocula à Fédala fut la certitude qu'une autre vie existait. Une vie différente, peut-être mieux. Et dans ce peut-être qui enflammait mon esprit se logeait toute l'illusion d'un monde.

2

Fifi était la personne la plus reconnaissable du monde. Tout en rondeurs et blonde, elle s'habillait comme elle ne l'aurait pas dû, juste pour être vue. Cette fois, c'était avec une écharpe en renard bleu ciel enroulée autour du cou, méprisant au nom de la mode la chaleur ambiante, qu'elle était descendue de la caravelle.

L'aéroport était déjà un pays étranger. À l'étalage du bureau de tabac on vendait des journaux anglais, espagnols, mais aussi allemands, des souvenirs bon marché, on y croisait des personnes pressées, prêtes à s'envoler pour une des villes dont le nom résonnait dans le haut-parleur. Un attroupement. Fifi aurait pu en provoquer un, mais non, c'était pour Jacques Dutronc. Fifi passait ses valises en équilibre précaire sur le chariot métallique, seule malgré son étole, ses talons aiguilles, ses bas qui crissaient quand elle croisait les jambes, et ses taches de rousseur dessinées sur le nez. C'était magnifique de la voir !

Je l'aimais, je n'avais pas honte d'elle, même si je pouvais concevoir que l'on fût gêné par tant de visible opulence. Tout ce qu'elle portait était objet d'intérêt, rien n'était normal, tout était rare, original, à la mode, osé, je ne saurais dire exactement, il me semble qu'il y avait toujours quelque chose en trop. Comme le porte-monnaie accroché par une chaîne dorée à son sac, comme sa bague démesurément longue pour sa phalange, sa jupe trop courte pour son genou bombé.

Moi, je portais des robes en coton à fleurs, fabriquées par Carmen, la couturière, comme tout le monde ici, et quand Sofia et moi voulions nous faire remarquer, on enfilait un jean. Nos pires déguisements, on les devait à maman. Les baisers défilaient, claquaient, ses vêtements exhalaient ce mélange fleuri que l'on ne respire que dans les parfumeries. Ses mots et ses gestes traduisaient l'affection et nous restions longtemps enlacées, loin de Dutronc et ses admirateurs.

Quand maman la vit, elle lâcha son sécateur ; il y avait tant à voir sur Fifi que maman oublia même de la saluer. Elle devait passer en revue les malles siglées, le renard bleu, les taches et tout le reste, en proie à ce mélange d'admiration, d'étonnement et de réprobation qui nous étreignait toutes face à ce tourbillon à la mode. Maman n'était pas à la mode. Encore moins à côté de Fifi. Le monde n'arrivait pas jusqu'à maman : elle ne travaillait pas, ne voyageait pas, n'avait pas besoin d'éblouir, de découvrir, de

20

se mesurer aux autres ; pas besoin d'exister beaucoup, juste un peu, elle vivait au ralenti, goûtait la vie du bout des lèvres sans la mordre. Un verre de vin blanc le soir et quelques oursins lui suffisaient pour se sentir privilégiée.

Je n'ai jamais su si ma mère avait choisi cette vie par paresse, une attitude assez répandue ici, ou par manque d'ambition ; à vrai dire une décision volontaire m'aurait rassurée. Un sens de ses limites, de son incapacité à travailler, à parler, à se forcer à faire des choses difficiles, une horreur des défis l'avaient laissée là, sous son arbre, sans s'être même levée pour le baccalauréat. Une sagesse instinctive qui l'entraînait à ne pas exiger plus qu'elle ne pouvait donner et recevoir.

J'aurais aimé que sa paresse fût une revendication. Rien n'était moins sûr. J'avais l'impression qu'une forme de laisser-aller avait poussé ma famille comme un radeau échoué sur la côte atlantique. Je me disais qu'il fallait résister à l'envie de dormir qui nous prenait par forte chaleur après le déjeuner ; résister aux facilités en tout genre, si répandues ici, au risque de me fracasser sur les rochers dentelés quand je m'y promenais sous un soleil éclatant.

Parfois, j'avais l'impression que ma mère vivait une seconde vie au fil des récits de Fifi. Fifi racontait, maman écoutait allongée sous son arbre. La vie s'écoulait ainsi au travers d'un filtre, moins forte, mais exempte de dangers, et cela lui suffisait.

Dès seize ans Fifi avait voulu partir, quitter le « pays du soleil », comme disait ma mère avec les accents du regret ; comme si, à lui seul, le soleil valait toutes les tours Eiffel, les soldes privés et les Champs-Élysées. J'entends encore sa voix portée par une conviction si simple qu'elle n'appelait aucun commentaire. Le plaisir de prononcer ces paroles et de les répéter à la moindre occasion lui donnait de l'assurance.

Et moi petite fille, je la croyais, je croyais à notre privilège comparés à tous les citadins de la planète, notre privilège d'être nés dans un pays où le soleil était chaud et la terre rouge. C'était bien de la croire. C'était réconfortant, la contredire ne m'aurait apporté que trouble et culpabilité.

Remettre en cause ses parents a un prix. Car tout se paie, même l'ambition qui est une forme d'audace, peut-être de trahison. Le but est de ne jamais regretter le chemin choisi. Je ne prenais pas toujours la sérénité de ma mère au sérieux. Se contenter du peu qu'on a n'est pas un signe infaillible de clairvoyance ou de richesse intérieure. Quant à Fifi, toute à son panache, je me demandais si elle ne continuait pas un rêve impossible.

J'avais quatorze ans. Qu'est-ce qu'on sait de la vie à quatorze ans ? J'étais encore une enfant. Ceux qui pensent que l'enfance est un état de grâce ont tort. Même si je m'accrochais aux quelques mois, jours, minutes d'insouciance autorisée qu'il me restait, j'étais prête à en porter le deuil. C'était dans

22

ma nature d'aller voir ailleurs. Je savais que l'âge venu, je ne pourrais m'en empêcher, ce n'était qu'une question de temps. J'avais peur, mais pas plus que devant l'obstacle quand, éperonnant mon cheval, je le lançais vers une barre trop haute et que mon cœur s'emballait parce que j'étais déjà tombée. Maîtriser le jeu est une drogue. Une promesse de bonheur. La peur acquitte de la dette.

À Fédala, côte atlantique, peu d'événements s'intercalaient entre le lever et le coucher du soleil. Alors, je rêvais. Quand la réalité devenait répétitive, le rêve m'emportait, il me protégeait aussi. Je vivais dans la nature. Tout y était en place dans un merveilleux équilibre, sauf moi. Parfois sa silencieuse et écrasante présence me terrassait ; trop de ciel, trop d'eau, trop de bleu et d'infini. De ma chambre, je ne voyais que la mer ; pas un petit bout de côte auquel accrocher mon regard et mes rêveries, pas d'Amérique, juste la mer, la mer incessante, la mer indécente et obsédante.

Toute une enfance à la contempler me l'avait rendue familière. Pour Aïda, ma nounou, elle n'avait plus de secret. Regarder la mer, c'était comme lire un livre. Elle qui ne connaissait les lettres de l'alphabet dans aucune langue décryptait la Lune, les marées, le ressac, avec ses mots à elle, mais elle ne se trompait jamais quand elle annonçait une tempête. Je crois qu'elle avait trouvé une forme de sagesse dans le mouvement perpétuel des vagues, dans le bruit entêtant de l'effondrement de l'eau sur l'eau.

Parfois le cri d'un oiseau rompait la monotonie.

La Mecque était derrière la terre, c'est vers elle qu'Aïda orientait son tapis. Aïda, qui ne connaissait rien du monde, hormis Fédala, savait où se trouvait la ville sainte. Elle la montrait d'un geste ferme et indiscutable: «*Mena!...*» (là!), disait-elle. «*Ouaja à Lala...*» (d'accord madame), je lui répondais dans un langage à mi-chemin entre nos deux cultures et qui était le nôtre.

Tout le monde ne rêve pas. C'est peut-être ce qui nous différencie. Cette propension qu'ont certains à se laisser emporter par leurs songes.

Mon amie Sofia, elle, était bien attachée à la vie. Elle ne cherchait pas à s'en évader, pas même par la pensée. Sofia avait ce que l'on appelle une bonne nature. Heureuse de son sort. Elle pensait que nous avions de la chance d'être nées à Mohammedia. Elle avait accepté le changement d'appellation de notre ville sans ciller, comme une fatalité. Moi pas. Moi, je dis encore Fédala, par fidélité à quelque chose qui, par certains côtés, me déplaisait. Cela n'a rien à voir. On n'aurait pas idée d'appeler Paris autrement. Dans ce lieu écarté, la docilité des âmes frisait l'indifférence; comme si tout ce que nous avions vécu du temps où la ville s'appelait Fédala ne comptait pas. Pire, n'existait plus. Fédala, rayée de la carte et le monde s'en foutait.

Sofia et moi avions donc grandi dans une ville fantôme, dans une ville débaptisée sans que personne ne proteste ni ne commente. Pourquoi?

Fédala, en trois syllabes, c'est un mot joli, musical comme *do ré mi* ou *la sol fa si*.

Les projets, les espoirs de mes amis étaient à portée de leurs mains. Leurs rêves se bornaient au champ d'à côté : acheter « de la terre », comme on disait ici, pour y construire une maison avec des baies vitrées. Pour Bobby, mon futur petit ami, les projets se limitaient à un petit tour à l'étranger et un retour glorieux au pays, avec suffisamment d'argent dans les poches pour s'offrir un bateau avec deux moteurs.

Pour moi, il y avait une sorte de malédiction à vouloir quitter un pays que l'on aimait. L'ailleurs était un idéal. Une valeur refuge, une contrée imaginaire. Un ailleurs assez flou pourtant, puisque je ne connaissais rien à part Fédala, Ifrane et Bine Al Ouidane.

Un ailleurs construit sur un rêve, imprécis, évanescent. Ma supériorité n'était fondée sur rien, juste ma capacité à m'évader.

Sofia se méfiait du rêve. Elle trouvait mes positions dangereuses, elle disait des choses différentes de maman, elle ne parlait pas de ce que l'on avait, le temps, le soleil, la mer en bas de la maison, elle parlait de ce que je n'avais pas encore et du danger de fonder un bonheur sur rien de concret. Elle disait : « Qui sait, si c'est mieux ailleurs ? » Elle disait : « On ne peut pas manger plus de trois fois par jour, dormir dans plusieurs lits en même temps. » Elle disait des choses simples qui m'exaspéraient parce que je les ressentais ; ses mots mettaient en défaut mes théories sur l'avenir et accroissaient la complexité de mon entreprise. Il est possible aussi que ses pieds plats, ses lunettes de myope aient contribué à lui donner cet air de vieux sage qui a tout vu, surtout quand elle enfonçait la moindre porte ouverte : « Tu crois que l'on est plus heureux sur un gros bateau que sur un petit ? Il n'y a que Bobby pour croire ça. » « Si l'essentiel était là, alors la vie serait vraiment injuste, non ? » « Moi je préfère ma maison de plain-pied à la maison surélevée de Bobby ; parce que c'est chez moi, et qu'un étage de plus ne change rien à mon bonheur. »

Un soir, j'ai attrapé Sofia par le bras :

— Si je pars, tu viens.

— Si tu pars, je t'attendrai parce que tu reviendras…

— Je ne reviendrai pas…

Elle a dit :

— Tu vas nous abandonner parce que tu crois qu'ailleurs c'est mieux. Tu es comme les voyageurs dans le désert qui s'épuisent à courir vers une flaque qui n'existe pas. Et Bobby… ? Tu vas laisser Bobby ? Bobby qui t'épousera dès qu'il sera grand.

Quand savait-on que l'on était grand ? Y avait-il une ligne, une date, un événement qui décidait de notre changement de statut ? De toute façon, mon cheval emplissait tout mon cœur. L'amour des hommes attendrait.

On a tous entendu une mère ou une cousine soupirer : « Si c'était à refaire », et imaginer une trajectoire différente de la sienne. Ma mère, elle, avait réfléchi avant de se marier. Pas un homme qui boit, pas un homme qui ronfle, pas un casanier, pas un ectoplasme. Le choix se rétrécissait. Ici, tous les hommes font la sieste après le déjeuner et la plupart d'entre eux laissent échapper bruyamment de l'air de leurs narines. Ceux-là étaient à éliminer. Fifi rayait plutôt de sa carte ceux qui ne gagnaient pas d'argent, mais elle l'exprimait différemment parce que cela ne se dit pas. Elle disait : « Oublie s'il ne peut pas t'acheter une voiture métallisée, avec des jantes larges, oublie », ou encore : « Si tu dois hésiter devant deux paires de souliers, laisse tomber… » Elle était une femme de bon sens, sans états d'âme et, en cela, elle était différente de maman. Ma mère vivait sous l'emprise de la paresse que justifiait une bonne dose de fatalisme. Ce n'était pas une femme de tête, mais ce n'était pas une femme sans tête. Elle savait qu'à Fédala, elle n'aurait pas le meilleur des bonheurs. Son sourire était teinté d'une certaine amertume. Et, sujette à des émotions incessantes, elle pleurait à tout bout de champ.

Elle pleurait en écoutant *La Marseillaise*.

Elle pleurait quand elle devait partir.

Elle pleurait.

Elle pleurait en épluchant les oignons ; j'avais même l'impression qu'elle profitait des liliacées pour se débarrasser de quelques chagrins secrets… Le cœur n'est pas bon conseiller. Il favorise les regrets. Je lutterais donc contre les épanchements faciles, contre mes faiblesses, contre mes attirances spontanées, contre les ronfleurs, les chasseurs et les hommes modestes, pour ne jamais voir tomber mes chagrins étouffés dans la bassine aux épluchures. Voilà.

Ma mère était une femme à fleur de peau. À tous les coups une de celles qui devaient rater le type à la voiture décapotable et les souliers à gogo. Et, sans parvenir à l'arrivisme primaire de Fifi, il fallait ouvrir l'œil, pour ne pas se faire avoir quand viendrait le moment des décisions qui engageraient ma vie.

Pour éviter la bassine aux oignons, je devrais grandir. La petite fille docile et soumise devait apprendre à se persuader que la vie au bord de la mer n'était pas aussi amusante que l'on croit, que l'on s'habitue à la beauté, qu'on ne la voit plus, et que la mer comme la campagne, si elles étaient des paradis, étaient des paradis sans avenir. Fumeuses théories. Il est probable que toute sa vie on demeure l'enfant que l'on a toujours été et que ce n'est pas une réflexion sur l'avenir ni l'influence des parents qui parviendront à y changer quoi que ce soit.

Autre chose m'inquiétait : ce besoin d'absolu, cette pureté naïve qui pouvait m'emmener si je ne réagissais pas, directement dans la bassine aux épluchures. Il n'y avait pas seulement la pureté naïve qui pouvait m'y emmener, il y avait aussi cette chose au fond de la poitrine qui ne cède pas et le risque, quelle que soit l'escapade entreprise, de revenir au point de départ tôt ou tard.

Le fatalisme était une réponse très courue ici, d'ailleurs la plupart des phrases se terminaient par : « *Inch allah* », « Si Dieu le veut » et on s'en remettait à lui pour tout, pour les décisions et pas seulement les études de philo ou de droit. Si bien que tous restaient sur place, sur leur barque ou sous un arbre. Je n'avais jamais imaginé que Dieu s'intéresserait à mes études, qu'il trancherait à ma place. C'était mieux de le savoir. Cela évitait les déceptions. Ma mère y avait cru comme au Père Noël, même si elle avait un peu honte de l'admettre. Alors elle s'en prenait à ses parents, ils ne l'avaient pas assez « poussée » ; les enfants qui n'ont pas étudié doivent dire des choses semblables. C'était étrange d'entendre sa mère adresser des reproches à ses parents, comme une petite fille, sans réaliser qu'elle commettait les mêmes erreurs qu'eux.

En fait, elle voulait se trouver des excuses : elle se protégeait derrière une mère italienne qui parlait mal le français, derrière un père trop absent. La chance était importante dans cette affaire et elle n'en avait pas eu, c'était le message ou l'excuse. C'est là que Dieu intervient dans nos vies. Il nous pose, et, selon que ce soit ici ou là, c'est bien ou pas. Mon père avait étudié les sciences politiques, ma mère lisait le dictionnaire et m'avait offert des cours d'anglais avec Mme Grignan, je n'avais pas à me plaindre.

Un jour, je serais sur des rails, bonne ou mauvaise, je serais installée dans le train et j'irais… où je ne savais pas encore, mais j'irais et je serais débarrassée des tergiversations et des hésitations qui me soulevaient le cœur comme dans les virages de la vallée de Lourika quand j'étais assise à l'arrière de la voiture de papa.

Comme une boule de loto, je serais lancée par une main invisible et je tournerais, je tournerais, j'envisagerais toutes les études possibles, tous les hommes ronfleurs ou pas, généreux ou pas, des champs ou des villes avant de me stabiliser enfin sur ma case.

Et ma case pouvait être loin ou pas parce que l'amour pouvait se nicher partout, parce que le besoin d'aimer est en nous et que les lieux sont moins importants que les êtres.

J'avais le vertige. Mon père disait : « Le train ne repasse pas deux fois » et si j'avais bien compris, c'était la vie qui n'offrait pas de seconde chance. Chaque décision était bien irrévocable. La pression augmentait.

Bobby partirait étudier, mais reviendrait avec de quoi acheter un bateau. Ici on appelait cela de l'ambition, et l'ambition devait être un antidote aux ronflements, à toutes les manifestations typiques du laisser-aller. Bobby avait les yeux verts. Pas un bleu-vert, non un vrai vert lagon ; en fait, c'était la seule personne de ma connaissance avec des yeux de cette couleur. Et puis il avait des manières. Sa mère allait chez le coiffeur, une femme aux cheveux crêpés et laqués aspirait forcément à un avenir différent. Leur maison surélevée était aussi une façon de se démarquer dans ce pays où toutes les constructions étaient de plain-pied. Bobby montait un escalier pour aller se coucher. Sa vue était dégagée, il voyait de plus haut, de plus loin, son avenir ne s'arrêtait pas au bout de notre chemin comme chez Sofia ou Pat Férandis. Il envisageait de faire des études à l'étranger, à condition de revenir. Il n'imaginait pas partir pour toujours, tandis que moi, je pensais que l'on ne pouvait rien construire ailleurs avec l'idée de revenir dare-dare à la case départ.

Ma mère me conseillait de peser «le pour et le contre» avant chaque décision. Elle employait cette formule comme si elle avait dit: «D'un côté les navets, de l'autre les carottes.» De l'un, les ronflements, le manque d'ambition, les oignons et, de l'autre, l'aventure, la chance, la découverte. Et moi je ne savais pas bien trier le positif du négatif; il me semblait que tout était imbriqué, que personne n'était complètement bon ou mauvais et qu'il fallait plutôt réfléchir à ce que l'on supportait et ce que l'on ne supportait pas.

Et le cœur dans tout ça? Où ranger le cœur, sur quel plateau? Que ferais-je si ce dernier pesait plus lourd côté Fédala? Quand le poids du cœur est supérieur à celui de la raison, c'est tout l'équilibre des choses qui est menacé.

3

Quand Fifi et moi sommes arrivées de l'aéroport, papa était à la pêche et maman, allongée sous son arbre, jouissait de sa trouvaille. Elle appelait cela les bains d'ombre. Ces bains-là offraient selon elle tous les avantages du soleil sans les inconvénients.

La vie s'écoulait, tranquille, entre pêche à la ligne et bains d'ombre, loin du monde, si loin que la situation en devenait angoissante à mes yeux.

Fifi débarquait comme une tornade : aussitôt la bouillabaisse était dans la nasse, les fleurs dans les vases et la sieste perturbée. Il faut dire qu'il nous suffisait de peu pour nous affoler.

Elle aimait nous impressionner, nous montrer qu'elle était importante. Et, à voir toute cette énergie dépensée, je devinais que pour elle aussi le choix n'avait pas été facile. Elle en rajoutait. Je n'étais pas dupe de son besoin d'éblouir. Rien n'avait dû être évident. Sinon elle ne se serait pas donné pas tant de mal avec nous. Mais à mon âge, les impressions étaient fugitives et l'idée qu'elle regrettait son choix fit long feu. J'ai oublié. Comme j'ai oublié ce que maman m'avait dit : « À l'école, Fifi était meilleure à l'oral et moi à l'écrit. » J'en avais conclu que c'était parce que maman avait une intelligence tranquille, qui se développait à l'ombre des regards, qu'elle ne savait pas répondre, ni parler en public, ni même se défendre comme Fifi, qui était mieux taillée pour l'affrontement.

Maman m'appela Marie, Fifi s'en arrangea en me surnommant Maria-Lila : « Il faut garder la part du rêve dans un prénom ; Maria-Lila... tu entends, il est là, le rêve, dans le tiret, dans la composition. C'est un bouquet, ce prénom-là ! »

Si j'avais été la fille de Fifi, à coup sûr, elle aurait osé m'appeler Indiana ou Kenza parce que cela voulait dire trésor en arabe littéraire, ou même Sultana. Elle était ma grande cousine, pas ma mère, et son argument selon lequel « avec le nez, le prénom c'est la première chose que l'on voit, donne-lui un prénom qui lui permettra de se distinguer... Maria-Lila, c'est un prénom unique au monde ! » ne fut pas retenu. Maman n'aimait pas la visibilité et, bien que Fifi fût ma marraine, elle échoua officiellement. Officieusement, Fifi l'emporta puisque tout le monde, à part maman, m'appelait Maria-Lila.

Fifi faisait partie des gens qui posent une question pour y répondre. Par exemple, quand elle me demanda « dans quelle école voudrais-tu aller ? », elle se lança sans écouter ma réponse dans l'éloge de Janson-de-Sailly, le lycée à côté duquel elle vivait, pour dire à mes parents que si j'habitais chez elle, elle m'inscrirait dans le «meilleur lycée de Paris».

Je me prénommais Marie, comme la plupart des jeunes filles du lycée Janson-de-Sailly, mais j'habitais Fédala, rebaptisée Mohammedia. J'étais tirée de mon sommeil par le son du muezzin, et le chant du coq suivait, comme pour achever mon réveil. Je nageais dans des criques à l'heure du déjeuner avant de retourner en classe cheveux mouillés ; je galopais à la tombée du jour, le long du rivage, et si trop de devoirs m'en empêchaient, je me contentais de faire tourner mes chevaux au bout d'une longe dans le rond que papa avait construit, près du four à pain. Est-ce que je pourrais m'habituer au bruit strident d'un réveil, au métro, à la pluie, au sport en salle ?

Malgré mes quatorze ans, maman m'habillait comme une petite fille modèle : robes en organza brodé, fabriquées au Portugal, nattes enroulées autour des oreilles, les affreux «macarons» qu'elle affectionnait. Sofia et moi avions l'air de deux idiotes. Ce n'était pas de bon cœur qu'Aïda nous tressait les cheveux, mais c'étaient les ordres de ma mère. Alors je me réfugiais entre ses bras grassouillets, contre sa confortable poitrine qui sentait bon le feu de bois, même quand elle sortait du hammam.

Maman vivait hors du temps. Hors de la mode, hors des années qui passaient. Elle avait gardé ses shorts vichy à la Bardot et moi je devais être une petite fille pour toujours. Les choses étaient figées, ici. Les années se ressemblaient toutes. Rien n'évoluait. Ni le paysage, qui devait être inchangé depuis la préhistoire, ni le temps, si beau… Pourquoi partir l'été, alors que nous avions une plage en bas de la maison ?

À cause de cette logique, nous ne partions jamais en voyage.

Maman était trop occupée à composer des bouquets, un mélange étonnant de branches de jasmin et de bougainvilliers, trouvés dans le jardin, comme d'autres à l'étalage du fleuriste, pour s'apercevoir de mon désespoir. Aïda, qui était maligne, me réconfortait : « Quelle que soit ta coiffure, je t'aime », « *ajib ti ni* », et je lui répondais « *ana ta oua* » (moi aussi).

Un jour, je serais habillée à la mode. Je me l'étais juré, comme on s'engage dans l'armée. Un jour, je n'aurais plus honte de mes macarons ni des robes démodées de Carmen, la couturière, un jour, moi aussi je serais « à la pointe ». La pointe de quoi ? Fifi ne le précisait pas, mais j'étais prête à la suivre.

Chaque vendredi, la mère de Sofia cuisinait le couscous au poisson, souvent avec le produit de nos pêches : sars, mulets, rascasses, crabes. Si par hasard on avait oublié ce jour fatidique de la semaine, l'odeur suffisait à nous le rappeler. Maman connaissait les plats préférés de sa cousine, puisqu'elle et moi partagions une fois encore les mêmes goûts : tchatchouka, tagines aux œufs et aux boulettes, couscous, qu'elle appelait « graines », très arrosé et en grande quantité.

Ses valises à peine posées sur le sol de la maison, elle en désignait une, la plus grosse, et disait : « Ça, ce sont les cadeaux… » Fifi, c'était le Père Noël en personne qui débarquait. Au Père Noël de Fédala qui puisait dans les boutiques locales ses cadeaux, nous préférions celui qui venait de Paris.

Ma mère ouvrait les paquets que sa cousine lui rapportait avec un détachement feint qui m'était destiné. Sa façon de me dire « tout cela n'est pas si important » ne me trompait pas. Je ne croyais guère à son détachement quand je voyais l'éclat de ses yeux devant un chemisier imprimé à se faire jeter des pierres dans notre rue qui était un chemin de terre, son regard devant un coffret rempli de flacons de vernis rouge et de faux ongles, ou bien une veste dont elle n'aurait aucune utilité dans un pays chaud. Parce que l'inutilité est une condition essentielle du luxe, à n'en pas douter, cela lui plaisait bien.

Sur ordre de ma mère, Fifi devait me donner ses cadeaux après le dîner, histoire de faire durer la fête le plus tard possible, comme le soir de Noël où parfois elle prolongeait la torture jusqu'au lendemain matin, parce que disait-elle l'excitation des cadeaux empêchait de dormir, alors que nous ne dormions pas de toute façon, mais d'impatience.

Mon père préférait fuir ces retrouvailles trop féminines et s'en allait chasser le sanglier dans les montagnes d'Ifrane. Il se méfiait de Fifi. C'est qu'elle était bien capable, à elle seule, de contaminer sa famille et de révolutionner sa maison. Fifi, c'était l'ennemie venue de Paris, elle apportait le dévergondage, les dépenses inconsidérées et quelque chose de redoutable qui s'appelait le regret ou l'envie. Faut-il s'approcher de ce que l'on ne peut obtenir ou devenir? Mon père en doutait. Il goûtait une vie simple dont il se satisfaisait par orgueil ou par élégance. Fifi et son monde n'avaient aucune chance de lui faire changer d'avis.

Fifi n'avait pas pour autant tourné le dos à notre pays, ni à notre famille. Nous étions sa réserve, sa mémoire, elle y puisait ce dont elle avait besoin. Elle disait qu'un homme ne peut tenir debout sans racines. Il n'y avait pas de raison que cela fonctionne différemment pour les arbres que pour les êtres humains. Elle portait les siennes en elle, voilà tout. Ce que mon père, exaspéré par ses outrances, ne voulait pas voir.

Elle se vantait d'avoir noué des relations à Paris en jouant au bridge. Ma mère la félicitait en se moquant gentiment: «Le bridge, c'est chic!» Quand Fifi était sur sa lancée, rien ne pouvait l'arrêter. À l'entendre, toute la rue de la Pompe se l'arrachait.

Maman souriait, pas jalouse pour un sou. La liste de ses exploits la rangeait dans un autre monde. La pétanque, le sanglier qu'elle avait tiré, l'espadon qu'elle avait sorti de l'eau, les oursins qu'elle ouvrait avec un ciseau arrondi trouvé chez Hamed, le commerçant qui vendait aussi des bazookas roses, des espadrilles et des pirouilis étaient ses morceaux de bravoure.

Fifi écoutait. Maman disait : « C'est terrible de ne pas habiter le même pays… », Fifi répondait : « Ne t'en fais pas, on vieillira ensemble » ou : « Tu finiras par rentrer… », comme si la destination finale était de toute évidence là-bas en France.

Ce fut lors de ce voyage, celui de mes quatorze ans, que Fifi, entre deux tasses de thé à la menthe, posa à ma mère une question dont nous n'avions pas l'habitude ici :

— As-tu des ennemis ?

Étrange question. Trop étrange pour être innocente.

Maman n'entendait rien aux relations conflictuelles. Elle prit son temps pour réfléchir, presque désolée de répondre par la négative, non elle ne se souvenait pas d'avoir eu un ennemi, pas même une seule fois dans sa vie.

Aux rides qui se creusaient sur le front de Fifi, maman prit conscience de la gravité de la situation. Comme si ne pas avoir d'ennemis signifiait ne pas être intéressante. Encore un manque. Encore une différence.

— Alors, qu'est-ce que je fais? Je passe une annonce? Cherche ennemis tenaces et revanchards. Parce que toi, Fifi, tu en as?

— Les gens importants ont des ennemis. Je n'en ai pas énormément parce que je ne suis pas très importante, mais j'en ai, dit-elle, sur le ton d'une phrase entendue et répétée avant toute appropriation. Il n'est pas anormal d'avoir des ennemis, cela veut juste dire que notre vie est enviable et suscite donc l'envie.

Fifi haussait les épaules, un peu dédaigneuse. Donc, a contrario, ne pas avoir d'ennemis signifiait ne pas avoir une vie enviable.

Si les ennemis étaient un critère de réussite, n'étions-nous pas assez « en vue » pour susciter la jalousie, donc une fois encore mal placés? Il y avait bien le cireur de chaussures, qui nous courait derrière dans la rue et que nous renvoyions quand nous étions pressés, le marchand de poissons qui pestait lorsque nous rentrions le panier plein de sars et de mulets, ce qu'il appelait de la concurrence déloyale, Mme Bénini à qui maman avait demandé la recette de son couscous sucré et qui ne l'avait pas donnée. Mais ils n'étaient pas de grands ennemis. Personne ne nous voulait du mal. Désolés.

— Pourquoi poses-tu une telle question, Fifi? Qui sont tes ennemis? Qu'est-ce qu'un monde où

40

l'on mesure son importance à celle de ses contradicteurs ?

Fifi grimaça, l'aveu lui coûtait.

— Il y a des gens qui t'ont fait du mal ? Qui te méprisent ?

Fifi opina de la tête.

— Oui ?

— Oui.

— Tu vois, à toujours vouloir aller plus haut, voilà ce que l'on récolte...

— Qui ?

— Oh, tu ne les connais pas, dit Fifi, étendant son regard jusqu'à nous et nos macarons sur les oreilles...

— Je ne peux pas les connaître ?

— Non...

— C'est vexant ! Qui alors ?

Alors ? L'air accablé, comme si elle avait à nous confier sa plus grande défaite, elle lança :

— Les snobs !

Ma mère éclata de rire. Cela faisait longtemps, depuis que Sofia lui avait dit que «son derrière mangeait sa culotte», que je ne l'avais pas entendue s'esclaffer ainsi.

— Mais c'est plutôt bien, non ? Tu t'en fous, des snobs ?

Je regardai ma mère avec une certaine admiration, surprise qu'elle connût la signification de ce mot. Sofia et moi l'entendions pour la première fois.

— Tu as raison de rire… mais c'est compliqué. Ici, pour certains de vos amis, j'apparaîtrais comme une snob, alors que pour des Parisiennes de trois générations, je suis suspecte… Tu comprends, rien ne peux y faire même si je vais chez le même coiffeur qu'elles, c'est comme ça ! Parfois j'ai l'impression qu'elles ont honte de me fréquenter et tu sais, c'est une sensation douloureuse ; elles veulent bien venir dîner chez moi, à cause de la cuisine orientale qu'elles adorent, mais pas le dire…

— Je ne sais pas si la tour Eiffel vaut ces humiliations. Tu sais ce que dit le professeur de Marie ? Mieux vaut être grand au milieu des petits que petit au milieu des grands…

À ces mots, le regard de Fifi s'assombrit. Ses yeux, en partie cachés par des cils démesurément longs qu'elle fortifiait à la crème Talika tous les soirs, se posèrent sur moi et j'eus l'impression que les mots du professeur la faisaient réfléchir, tandis que maman poursuivait :

— La femme du jardinier est venue me voir, il y a trois mois, parce qu'elle avait une boule sous le bras. Je l'ai emmenée à l'hôpital, on lui a trouvé une tumeur, elle est morte six semaines plus tard. Depuis que j'ai passé quarante ans, il n'y a pas un mois où l'on ne m'apprend qu'une connaissance a des problèmes de santé… Je pense qu'à Paris on n'échappe pas à la règle ? Non ? Cela devrait solutionner leur problème de snobisme.

— À Paris, tu sais, les gens courent tout le temps… Ici, vous avez trop de temps. Il est possible qu'entre les deux, il vaille mieux choisir l'endroit qui empêche de penser aux choses tristes… Non ?

Si maman pleurait à la moindre occasion, un autre trait de son caractère qui envahissait toutes ses pensées était la peur. La peur rythmait ses phrases et son existence. J'avais été élevée avec le mot « attention »… Pas une phrase qui m'était adressée qui ne commençât par « attention ». Elle disait « attention quand tu montes à cheval », « attention aux hydrocutions », « attention aux guêpes », mais il y avait aussi « les chats et les chiens ont la rage, les chevaux tuent d'une ruade, les microbes se logent partout et même dans la viande hachée qu'il faut bannir de l'alimentation, on peut aussi mourir à cause d'un fruit mal rincé, d'une huître, d'une moule, il faut toujours vérifier d'un jet de citron qu'elles sont bien vivantes avant de les porter à la bouche. Il ne faut pas avoir honte de sentir la nourriture. Ne jamais caresser d'animaux errants, personne sauf maman ne peut venir te chercher devant l'école ».

Et moi, je me demandais qui était cet ennemi secret contre lequel ma mère se battait depuis ma naissance. Était-ce la mort ? Elle la redoutait à tous les coins de rue, et même immobile, puisqu'une tuile ou une branche d'arbre pouvait se détacher.

43

Fifi, qui connaissait les angoisses de ma mère, coupa court à la conversation :

— Je suis heureuse d'être là.

— Va dans le hammam, après tu enfileras une djellaba, tu verras comme tu te sentiras bien…

Malgré le bain, la perspective du gommage et du massage, Fifi semblait songeuse, elle ne sortit de son état qu'après un verre de vin blanc et quelques oursins sur la terrasse où nous nous retrouvions tous les soirs, face au coucher du soleil à guetter le rayon vert.

— C'est la plus belle vue que je connaisse…

Maman et moi regardions Fifi avec reconnaissance, pour quelqu'un venant de Paris c'était gentil de le dire.

— Ici, on ne voit aucune construction, rien que le sable, quelques rochers et la mer à perte de vue, quel bonheur ! Souvent, quand il pleut à Paris, je pense à vous au bord de la mer et tout ça me manque terriblement. Demain, à peine levés, on ira se baigner, j'en rêve depuis des mois !

— Tu sais que si on reste là, à regarder l'horizon, on va peut-être voir le rayon vert. Tu connais le mystère du rayon vert, Fifi ? lui demandai-je.

Fifi le connaissait et avait oublié. Elle était partie depuis trop longtemps pour se souvenir.

Mon père nous avait dit qu'il s'agissait d'un éclat rapide de lumière verte que l'on voit à l'endroit et au moment où le bord supérieur du disque solaire touche l'horizon. Ce soir, nous ne devions pas être dans l'axe du disque solaire et de l'horizon. Le ciel bouda notre cousine, trop affairée à déguster ses oursins. Fifi disait qu'elle avait «l'impression de manger l'océan», qu'«à Paris, cela coûte une fortune». Ma mère, toujours décalée et encore dans la précédente conversation, riait toute seule en allant chercher un citron pour les oursins :

— Ici, tu ne rencontreras pas de snobs, ni côté champs ni côté mer…

Elle avait raison. À part des crabes égarés qui remontaient jusqu'à ma chambre, nous ne voyions pas grand-monde de ce côté de l'Atlantique. Ils étaient bruns, tachetés, hauts sur pattes et téméraires comme s'ils avaient compris qu'ils ne finiraient pas dans la marmite. Maman préférait les poilus, ceux à la carapace résistante d'une armure, mais à la chair tendre comme celle du homard. Ceux-là ne s'aventuraient pas sous mon lit, ils restaient dans les rochers, au fond des trous couverts d'algues vertes, comme de la salade.

À peine le soleil disparaît de l'autre côté de la planète, que l'ombre se fait. Ici, la nuit est mon ennemie. J'ai de bonnes raisons pour la redouter. C'est la nuit que la terre a tremblé, c'est la nuit que papa et maman se disputent et que leurs cris remontent jusqu'à moi. Avec la nuit, tombent la mélancolie et les questions insolubles qui m'assaillent.

Fifi a tourné le bouton de la lampe à carbone et les insectes se sont mis à tourbillonner autour de l'ampoule.

La pastilla n'était pas prête. Alors, Sofia et moi, maillot de bain éponge, soutien-gorge brassière et culotte coupée comme un short, pour montrer à Fifi qu'à Fédala on n'était pas en reste, dévalâmes le chemin qui menait à la mer pour un dernier bain.

— On remonte dans dix minutes.

Les pieds plats ne sont pas seulement laids, ils empêchent de marcher droit. Sofia déviait à gauche, le dessous de ses pieds rugueux comme une râpe, large comme un râteau, cognait mes orteils tout au long du sentier. Parfois je me retournais pour lui montrer la sinuosité de son chemin, mais ce soir, elle me rétorqua : « Oui, peut-être… mais moi dans ma tête, je vais tout droit. » En langage clair, elle critiquait mes hésitations. La question suivante confirma ses sous-entendus : « Qu'est-ce que tu veux faire plus tard ? » me demanda-t-elle, une façon de m'obliger à trancher.

Je savais que je voulais quitter cette plage. Je savais que je voulais vivre dans une ville pleine de lumière ; une ville où il y a des cafés et des cinémas, une ville où les femmes portent des souliers fermés pas des sandales ; une ville où il fait froid en hiver ; une ville où les gens sont occupés, où les cartables regorgent de dossiers. Une ville où le temps a encore de la valeur. Je savais ça. Mais je ne savais pas dire à quel métier cela menait.

Aurais-je été différente si j'avais suivi ma cousine Fifi, comme il en avait été question, en classe de septième ? Je ne savais pas si Paris aurait pu faire de moi une Parisienne, une citadine de cœur. Je ne savais pas si le Jardin d'acclimatation et tous les manèges dont elle me parlait et qui me faisaient rêver auraient pu me transformer, effacer de ma mémoire la pêche aux oursins et les couchers de soleil. Partir, c'était une décision difficile.

J'étais née à Fédala, j'étais de là : le bleu de la mer devant la maison, le rouge de la terre derrière. Nous au milieu.

Tous les soirs, le soleil tirait sa révérence avant d'aller se coucher, ce cérémonial était le mien. Mais toute la beauté du monde ne m'empêchait pas de rêver. Le rêve me portait ailleurs. J'avais envie d'aller au théâtre, j'en construisais un au fond du jardin. Bien sûr, on n'assistait ni à la représentation de *L'Avare* ni à celle du *Malade imaginaire*, mais on riait, moi dans le rôle du metteur en scène, Sofia dans celui de la cantatrice, le rideau rouge était taillé dans un vieux manteau emprunté à maman.

— À quoi tu penses ? Alors, réponds-moi ?... Tu veux être quoi quand tu seras grande ?

— Et toi ? lui demandais-je pour gagner un peu de temps.

Je connaissais la réponse de Sofia. Depuis sa plus tendre enfance, contrairement à sa démarche, elle avait tracé une ligne droite : « Je veux sauver les animaux du monde entier », répétait-elle, inlassable.

Et toi ?

47

Les cafés, les chaussures à talons, l'éloignement, la tour Eiffel, tout ce bazar tourbillonnait dans ma tête sans pour autant incarner un métier. Pourtant, un mot dont je venais d'appréhender le sens me vint à l'esprit, pourquoi ? Un mot pas forcément sympathique et à consonance anglo-saxonne, mais un mot qui m'entraînait loin d'ici, qui m'emmenait dans un monde différent où j'imaginais les femmes parfumées et les hommes portant des cravates et des chaussures fermées. Et si sa connotation péjorative ne m'avait pas échappé, elle ne me déplaisait pas.

Pourquoi ne pas revendiquer sa différence dans un monde où il est difficile de se différencier ?

Bref, ce mot encore vague incarnait pour moi une attitude, un état d'esprit qui devait s'en accommoder.

— Moi ? lui répondis-je, moi, je voudrais être snob.

Elle s'arrêta de marcher et me toisa comme on dévisage un ennemi, scrutant l'erreur, la part de ma personne qui l'avait trahie ou qui lui avait échappé. Elle hurla :

— Snob ! Mais, snob, ce n'est pas un métier ! Comment peux-tu dire une chose comme ça ! Ici personne n'est, comment dis-tu ? Snob ? Snob, ça ne rapporte pas d'argent, donc, ce ne peut être un métier. Et puis, si tu deviens snob, on ne se verra plus.

— Pourquoi ?

— Parce que mon père a dit que les snobs ne nous fréquentent pas.

— Je serais une snob à part.

— Je n'y crois pas. On ne peut pas être snob, posséder un chat des rues à la patte tordue, une cousine ridicule et un chien qui s'appelle Plouc, réfléchis ! Selon Fifi, les snobs ne fréquentent pas n'importe qui. Donc, si tu deviens snob, tu ne te fréquenteras pas ? Tu te déserteras ! Imagine, ce n'est pas très pratique ! Tu te détesteras, tu t'éviteras, tu oublieras tes racines, tu construiras un édifice qui, forcément, s'effondrera puisque ce ne sera pas toi… Et tu t'éloigneras de Fifi en premier et de nous juste après !… Tu dénigreras ta propre cousine…

— On a bientôt quatorze ans… Rien ne nous est encore arrivé d'intéressant, non ?

— C'est normal à quatorze ans.

— Crois-moi, on n'est pas sur la bonne voie. Regarde la vie de nos mères. Rien n'est jamais survenu d'incroyable à raconter, ici à Fédala, notre village.

— Qu'ils ont rebaptisé Mohammedia…

— Ça sonne mieux, tu trouves ? même pas sûr. Suppose que toute ton existence s'écoule sans qu'il ne se passe rien, que tu restes vivre ici, entre le champ de blé et la mer, que tu finisses par te marier avec un des voisins, que tu hérites la maison de tes parents, que tu continues à ne connaître personne d'intéressant, que personne jamais ne fasse cas de toi, à part tes enfants qui ne te respecteront pas pour ces raisons-là, et qu'un jour tu meures, à Mohammedia, seule...

— Tu penses que la vie de ta cousine Fifi est plus enviable, entourée de snobs pour qui elle restera toujours une fille de Fédala ?

4

Vers vingt et une heures, la voix de maman a résonné sur la plage : à table ! Signal du ralliement, qu'accompagnait un délicieux parfum de pastilla.

Les silhouettes de ma mère et de sa cousine se découpaient en ombres chinoises sur la terrasse. Maman s'était habillée d'une robe traditionnelle, une sorte de sac informe brodé de pièces dorées aux échancrures. En fait, maman était de nulle part. D'ailleurs avec les autochtones mais d'ici avec Fifi. Ce qui lui permettait de se mettre à distance avec tout le monde. Fifi s'était dépêchée d'attraper cet air contemplatif qu'ont les gens à Fédala. Le regard perdu vers l'horizon, ivre du mouvement des vagues, noyée dans le bleu de l'enfance. Elle aimait se rapprocher.

Trois jours avaient suffi pour lui faire oublier le bourdonnement de la ville et accepter le rythme lent du pays. Trois jours de décontamination qui n'étaient pas sans souffrance puisque, parfois, elle nous interrogeait : « Il n'y a pas un bruit ? », étonnée, peut-être même en manque de quelque chose d'indéfinissable, une énergie, un courant électrique auquel on ne renonce pas si facilement. Le silence aussi est un apprentissage.

Maman, du haut de la terrasse, nous encourageait. Elle connaissait l'effort qu'il fallait fournir pour «monter» aux Romarins, notre maison… Afin de nous protéger des marées trop fortes, la plupart des constructions, en effet, étaient surélevées de trois ou quatre mètres par rapport au niveau de la mer. Escalader un chemin de terre, creusé entre les plantes grasses qui crissaient sous nos pieds quand on les écrasait, était une épreuve qu'on accomplissait plusieurs fois par jour.

Trop absorbées par notre conversation au sujet de nos poupées, Sofia et moi, nous nous dirigions vers le salon sans nous tremper les pieds dans la bassine destinée à cet effet. Les poupées sont une façon de vivre par procuration; on croit encore être une enfant et on joue à travers elles à ne plus en être une.

J'ai été mère, j'ai été mariée avant l'heure, au travers de ma poupée, j'ai même appris à m'habiller, à différencier les vêtements du jour et ceux du soir, à recevoir, mais j'ai surtout appris à me confier, cachée derrière ma marionnette comme le pratiquant derrière le confessionnal. Alors, par des chemins détournés, je pouvais dire mes secrets, libérer les mots interdits; jusqu'au jour où Sofia s'en aperçut: «C'est plus du jeu, tu parles pour toi, plus pour elle. C'est toi qui veux appréhender un destin différent de celui de tes parents. » Ma double vie était dévoilée. Ma Barbie avait perdu son principal attrait. « Tu n'as plus envie de jouer ? » Le jeu occupait tout notre temps, j'ai adoré cette vie à côté de la vie, cette vie entre parenthèses, grâce à ma poupée j'ai été femme en douce, mère occasionnelle, amante à la dérobée, juste pour voir ce que cela faisait.

Sofia avait raison, les préoccupations des adultes se superposaient aux jeux des enfants. Je trichais, c'était l'enfance que je brisais en parlant ainsi ; j'aurais pourtant voulu protéger l'insouciance, mais c'était impossible. J'avais tâché de ne pas grandir, de ne pas prendre un centimètre, ni dans les jambes, ni dans la tête, rien n'y fit.

— Sur la photo de classe nous sommes toujours toutes deux placées au dernier rang, et nous plions les jambes pour avoir l'air moins grandes. On n'est grandes que de taille, dit Sofia.

— Un mètre soixante-douze et une poupée à la main, il y a quelque chose qui cloche, non ? Comme sur les dessins du *Matin* qui s'intitulent : « Cherchez l'erreur… » Elle est toute trouvée, tu ne crois pas ?

— Fifi t'influence, ses récits te donnent envie de brûler les étapes.

Être considérée comme une « copieuse » était une des pires insultes, « une copieuse », une pauvre fille qui n'a pas de personnalité. Et si en classe je ne regardais pas sur la feuille du voisin, je ne pouvais pas m'empêcher de considérer la vie des autres ; en cela Sofia avait raison.

— Les snobs sont tous des copieurs, d'après ce que j'en ai compris, ils imitent les vies qu'ils imaginent meilleures et peut-être se trompent-ils ?

Probablement pensait-elle que le destin que, maladroitement, je percevais était non seulement au-dessus de mon âge mais aussi au-dessus de mes moyens.

À cause de quelques grains de sable collés aux orteils, maman nous renvoya vers la bassine en plastique et, une fois les pieds trempés, il fallut s'aider des mains et d'une pierre pour décoller le reste. Comme on récite une prière, j'entendis Sofia énumérer la liste de nos réjouissances : grotte aux coquillages, promenades à dos de mulet, terre rouge, mer bleue… et nous éclatâmes de rire juste avant de pénétrer dans la salle à manger, les orteils mouillés mais passablement nettoyés.

Fifi et maman ne nous avaient pas attendues, pour entamer le repas. Quand Fifi nous vit arriver, elle murmura en un souffle : « Je suis bien parmi vous ! » Ces quelques mots, en eux-mêmes assez inoffensifs, suffirent à déclencher les larmes des deux cousines germaines. En cela, elles se ressemblaient, elles pleuraient quand elles étaient heureuses. Fifi, la voix prise par l'émotion, continua d'énumérer ses sources de bonheur : « J'ai vu un merveilleux coucher de soleil, j'ai mangé les meilleurs oursins de ma vie, j'ai… », et la fontaine s'écoulait à mesure.

Les larmes entraînent les larmes, et ma mère ne résista pas. Elle accompagna sa cousine.

Moi : « Arrêtez ! »

Ma mère, comme un mot d'excuse : « C'est de joie… »

Elles se mouchèrent devant la pastilla. Duo de trompettes.

Maman : « Demain, on cuisinera les moules. »

Fifi : « Comme quand on était petites. »

Maman, tremblante d'émotion, découpa la pâte feuilletée qui résistait par endroits. Sûrement un os de pigeon, et je frémis d'horreur à cette idée ! Les pigeons étaient mes amis. L'un d'entre eux roucoulait tous les matins à la même heure sur le toit de ma chambre. « Comment peut-on manger des pigeons ? » Maman, qui connaissait mon point de vue sur la pastilla au pigeon, me lança un regard incendiaire et contrainte, je me tus, grignotant un peu de la croûte feuilletée, couverte de sucre glace et de cannelle parfumée pendant que les autres, tête baissée, se régalaient.

Fifi arborait une nouvelle tenue. Si les vêtements ne peuvent changer une personne, ils peuvent changer la perception que l'on en a. Ainsi vêtue, sandales pêche, robe pistache très ajustée, ambiance acidulée, on aurait pu croire que Fifi était une vraie Parisienne, mais quelques mots suffisaient à triompher des étoffes les plus sophistiquées et Fifi était démasquée. Chez nous, pas moyen de tricher, personne ne se changeait pour dîner, le concept, s'il en fut un, n'existait pas. Au mieux, après une douche dans le jardin, on enfilait un pyjama.

La mémoire garde ce qui la choque. Je me souviens de cette soirée, à cause d'un événement étrange et heureusement peu habituel.

À peine Fifi avait-elle félicité Aïda pour la pastilla qu'un serpent était entré dans la salle à manger. Une affreuse chose étirée, sinueuse, gris métal, ondula soudain sur la dalle, devant nous. À chaque fois qu'un serpent pointe son nez, il y a toujours quelqu'un pour dire : « C'est une couleuvre ! » Comme quoi on ne comprend rien au psychisme humain, dans un premier temps, ce n'est pas l'éventualité du venin qui terrifie, mais la reptation. « C'est une couleuvre ! » Cette fois ce fut ma mère qui se chargea de la phrase rituelle tant elle devait être affolée à l'idée que Fifi prenne peur. J'ai bondi sur la table, les pieds dans les restes de pastilla.

Cris et hurlements. Les serpents étaient mon hystérie à moi.

Fifi tenta aussi l'escalade, mais sa jupe serrée et son derrière trop lourd l'en empêchèrent. Le reptile finit par repartir, tandis que Fifi, les yeux exorbités, répétait inlassablement : « C'est affreux… »

Maman, la voix douce : « Il n'est pas venimeux. »

Fifi, traumatisée, récitait tous les noms de serpents qu'elle connaissait : « Un crotale, un naja, un aspic, une vipère, un boa… »

— Mais non, mais non, dit maman en lui caressant le bras.

Fifi hurla de plus belle, persuadée que c'était un serpent qui l'avait frôlée.

Sofia retenait avec difficulté un fou rire : « Ce n'est ni un naja, ni un crotale, ce n'est qu'une couleuvre, Fifi, pas même une vipère ; les couleuvres viennent du champ, elles sont inoffensives, quand le fermier sème le blé, il remue la terre et forcément… »

Fifi, pas convaincue, demanda à maman :

— À quoi reconnais-tu une couleuvre ?

— À la longueur, à sa tête…

— Tu veux me faire croire que tu as eu le temps de la regarder dans les yeux ?

Et soudain, encore plus affolée :

— Où est ma chambre ?

— Ta chambre est fermée, le serpent est entré parce qu'on a laissé la porte ouverte.

Je n'osais bouger, ma mère ferma la porte.

Fifi enleva ses jolies sandales, ses pieds étaient intacts, elle me regarda :

— À Paris, ce genre de scène n'existe pas !

J'opinai de la tête, l'argument était facile, mais valable. La peur des serpents coulait dans les veines des femmes de notre famille. Maman faisait la forte pour rassurer Fifi. Sinon elle aurait hurlé à son tour. Mais elle avait contenu sa frayeur, pour ne pas ajouter sa répulsion à la sienne, encore plus terrifiée à l'idée que Fifi ne revienne plus.

Le dernier reptile que j'avais vu gisait écrasé par une voiture sur la route en terre ; et même mort, il me faisait encore peur. La preuve de leur existence était bien là, et les bruissements entendus dans l'herbe n'étaient pas forcément des lézards comme le jardinier voulait me le faire croire.

Chez Sofia, personne n'était phobique, elle se vantait même d'avoir capturé un orvet à la main, ce qui me posait un problème de compatibilité grave : comment ma meilleure amie pouvait-elle attraper les orvets à la main ?

J'enlevai à l'aide d'un torchon le gras de la pastilla de mes pieds, tandis qu'Aïda apportait un tagine aux pruneaux.

La nourriture apaisa Fifi. Elle aimait les saveurs parfumées de cette cuisine, les sauces, la coriandre, cette façon de forcer le goût avec des épices, des goûts sucrés et salés mélangés.

— C'est bon…, dit-elle.

Quand elle eut fini son assiette, elle proposa de passer à l'ouverture des cadeaux :

— Cela va nous changer les idées.

Je m'assis à ses côtés.

— Maintenant, ce ne sont plus des habits pour ta poupée…

Je m'en doutais, rassurée et nostalgique à la fois… Il fallait bien qu'arrive le jour où elle prononcerait cette phrase. Dans le premier paquet, je découvris une paire de souliers vernis d'un rose légèrement nacré, aux bouts arrondis, des vrais souliers de poupée, mais à ma taille... Je n'avais encore jamais porté de talons.

— C'est le modèle baby-doll... le dernier cri... Tu dois les porter avec des bas...

Je n'avais jamais porté de bas non plus.

— Et pourquoi pas ? Je t'ai apporté des porte-jarretelles.

Porte-jarretelles ? Comment passe-t-on des poupées aux porte-jarretelles ? Le choc était violent.

— Je t'ai aussi acheté des collants blancs, regarde ! Blanc et rose, comme c'est joli.

Et, tout en me disant cela, elle posait le pied du collant dans le soulier, une sorte de présentation comme l'aurait fait une vendeuse qualifiée dans une boutique. Si je portais des souliers de ballerine à l'école, je serais détestée...

— Tu vas les mettre, n'est-ce pas ? me dit-elle, comme si elle lisait dans mes pensées.

Depuis mon plus jeune âge, Fifi m'offrait des jouets ou des vêtements qu'ici personne ne possédait, ni n'avait jamais vus.

Cette fois, Fifi n'avait pas seulement devancé la mode, elle avait devancé le temps. Le temps des talons, le temps des soutiens-gorge, des porte-jarretelles, tout un attirail barbare, inventé pour séduire les hommes. « Ils sont beaux, n'est-ce pas ? » dit-elle en soulevant un chapelet de petits triangles en dentelle rose pâle.

Elle me traitait comme une jeune fille, alors que maman enroulait encore des nattes autour de mes oreilles. Et moi, j'étais encore un peu dans l'enfance. J'avais besoin des deux attitudes en attendant de pencher d'un côté, forcément celui de Fifi puisqu'elle avait choisi l'avenir.

Le mot « maturité » me semblait une insanité. Un vilain mot, comme d'autres que j'évitais de prononcer et même d'écrire sauf en abrégé dans mon journal. Ce qui est perturbant dans l'adolescence, ce ne sont pas les études, ni les éventuelles séparations qui l'accompagnent, mais quelque chose de bien plus mystérieux que Fifi venait de toucher avec ses porte-jarretelles, quelque chose qui se passe avec le corps et que l'on ne peut pas maîtriser. Grandir, pousser, changer de taille, de forme, d'aspect, toutes ces métamorphoses que l'on ne contrôle pas et qui me terrifiaient. Cette prévisibilité, cette programmation génétique sonnaient comme une condamnation à court ou moyen terme.

C'était ce message que je percevais au travers de l'innocent et néanmoins indécent cadeau de Fifi. Ils disaient, ces cadeaux, que mes seins allaient pousser, que j'allais attirer les hommes, que peut-être un homme, un jour, voudrait vivre avec moi. Cette intrusion dans mon intimité m'attristait, comme si tout le monde avait accès à moi, à ce que j'étais, prévisible, écrite, jouée d'avance.

Elle ne s'aperçut de rien.

Des questions se bousculaient sous mon crâne : quelle était la signification de la vie des adultes ?

À partir de quand passe-t-on de l'autre côté, celui des grands ? Est-ce que ce sont les seins qui régissent tout ça ? Qui décide ? Le désir de l'homme ? Les talons et les soutiens-gorge ?

Je bafouillai un timide « merci », la tête baissée sur ma lingerie.

— Ce n'est rien ma fifille, quand tu viendras à Paris faire tes études chez moi, je te gâterai plus encore.

Encore plus de soutiens-gorge, la taille au-dessus cette fois, allez donc savoir, d'ici deux ou trois ans, je ne serais peut-être plus « une planche », comme disait ma mère, pour se moquer, mais j'aurais atteint le 90, il me faudrait des bonnets, des armatures solides, des balconnets en dentelle bien amples, le temps aura passé sur la planche d'aujourd'hui et j'aurai une gorge !

— Tu seras une belle jeune fille épanouie…

Épanouie ! Encore un mot dégoûtant ! Un mot idiot, un mot de femme oisive, opulente, heureuse comme une cloche qui sonne en voyant arriver son homme.

Ma mère caressait la tête de Fifi, elle aurait pu caresser un chien de la même façon, là entre les oreilles : « Tu as vu comme elle est gentille… », disait-elle parlant de Fifi, comme si elle n'était pas là. Je détestais cette façon embarrassante qu'avait ma mère de parler d'une personne devant elle… Un ou deux ans auparavant, devant l'école, elle avait confié à mon sujet à une mère d'élève : « Elle est innocente!…» Ce qui évidemment sous-entendait: «Elle ne sait pas ce qui se passe entre un homme et une femme.»

Qu'elle pense que je ne connaissais pas grand-chose à la vie m'était égal, mais pas qu'elle parle de moi, devant moi, comme si j'étais un mur ou une personne dénuée de toute faculté de compréhension.

La cousine, bien obligée, adopta à son tour l'attitude du bon labrador, la tête légèrement penchée sur le côté. Elle opina. Oui, elle était gentille. Que faire d'autre? Moi, j'avais tourné mes genoux vers l'intérieur. Les interlocuteurs idiots récoltent des partenaires de conversation idiots.

Je traquais les larmes de maman. La situation – la cousine gentille et généreuse – aurait dû suffire à les déclencher une fois de plus. Mais elle avait compris ce que je pensais, qu'elle pouvait au moins faire l'économie des larmes du bonheur. Qu'elle était l'image d'un laisser-aller que je combattais, dans un pays ou on l'érigeait en art de vivre.

Elle me regarda, courroucée, comme si je la privais d'un plaisir:

— Mais non, mais non, je ne vais pas pleurer…

Il fallait aussi quitter Fédala pour ne pas devenir une femme qui pleure, qui attend, qui ne contrôle rien, ni sa vie ni ses émotions, une femme qui coule. Voilà.

Dans la famille de Sofia, chaque fois que sa tante revenait de La Mecque, il y avait un cadeau pour moi. Quelques mètres de soie, des dattes grosses comme des prunes, un petit bout de bois de santal aussi précieux que l'or rouge qui pendait à ses oreilles.

Dans notre famille, on ne partageait pas les mêmes attentions. J'offris mes soutiens-gorge à Sofia, puisque ses seins poussaient plus vite que les miens.

Mais Sofia n'appréciait pas les cadeaux qui venaient de Paris. Elle refusa, incorruptible, une façon de me dire : « Je ne mange pas de ce pain-là, moi ; je reste fidèle à ce que nous sommes. »

Paris commençait à s'élever comme une barrière entre nous.

Après le dîner, Fifi enfila une chemise de nuit rose à volants. Elle avait l'air d'un bonbon. Tout ce qu'elle portait déclenchait notre admiration.

« Cela vient tout simplement du Prisunic en bas de chez moi ! »

Avoir un Prisunic en bas de chez soi ! Des phrases aussi innocentes que celle-là nous laissaient rêveuses.

Ma mère, en robe de chambre trop épaisse pour la saison, était allongée sur le lit de Fifi, prête pour une longue conversation où tous leurs sujets préférés seraient passés en revue, comme quand elles étaient petites. Le temps ne change pas ces relations-là.

Elles avaient de la chance d'être cousines, je me demandais si le lien de parenté permettait une proximité plus grande qu'avec une amie.

Très tôt, peut-être parce que je n'avais ni sœur ni cousine, j'ai su que ce lien me manquerait et qu'il était possible que je le recherche toute ma vie. Je ne m'y résignerais pas, parce que l'on ne peut pas se résigner au manque d'amour. Évidemment, j'avais de la chance, je n'étais pas née orpheline, comme les enfants vêtus d'une simple culotte de laine tricotée qui, en rang d'oignons, passaient devant la maison. Les gens les appelaient les « cafards », en raison de la couleur de leur peau tannée au soleil et de leur culotte. Ils étaient marron, ou tout comme.

À peine ai-je poussé la porte de sa chambre que Fifi, assise en tailleur sur le lit, m'a demandé :

— Au fait, ma chérie, es-tu déjà sortie avec un garçon ?

5

Fifi était blonde.

Je crois que la grande part de la fascination qu'elle exerçait sur nous venait de là : sa blondeur. Maman disait que c'était une fausse blonde et c'était encore plus fascinant ainsi ; Fifi était une femme qui, pour se singulariser, était capable de se faire peindre les cheveux en jaune.

Mme Férandis, aussi. Mais pour d'autres raisons : sa chevelure avait blanchi à la suite du tremblement de terre d'Agadir. Le choc avait été si grand qu'elle avait changé de couleur en une nuit. Alors, elle avait voulu retrouver sa couleur d'avant le tremblement de terre, parce qu'elle ne voulait pas que sa tête lui rappelle de mauvais souvenirs.

Fifi détonnait ici.

Je me souviens être allée avec elle au marché, j'étais gênée à la vue de tous les marchands de légumes et de poissons qui se retournaient sur son passage : l'un d'entre eux l'appelait « Brigitte Bardot », ce qui était plutôt aimable, alors qu'un autre l'avait insultée : « *Wili, wili charlh raib !* » Heureusement, elle ne comprenait pas l'arabe. Cela n'aurait pas été facile de lui dire qu'il la trouvait moche.

Je pense qu'elle vivait sa blondeur comme un signe de libération, d'indépendance, d'insolence et, si la couleur n'était pas à mon goût, la démarche me plaisait bien.

Ici, aucun jeune n'avait les cheveux jaunes, à part Pat Férandis. On disait que sa mère aidait la nature avec de l'eau oxygénée pour qu'ils deviennent comme les blés au mois d'août et que le soleil faisait le reste.

Maman avait essayé de me badigeonner quelques mèches. Le traitement s'avéra inefficace ; ma tignasse était trop dense, trop épaisse, trop sombre pour réagir aux applications d'eau oxygénée. Mes cheveux demeurèrent longs, noirs, ondulés comme tout le monde ici. Seule la pointe avait fini par devenir « queue de vache », comme disait ma mère, à force de rester des heures à tremper dans l'eau stagnante des rochers, chauffée par le soleil, à marée haute. Seule me différenciait des tons ambiants la couleur de mes yeux : « pers comme les huîtres », disait mon père ; « comme les chats de gouttière », disait ma mère.

J'avais seize ans quand le chat de gouttière retint l'attention d'un garçon.

Fifi venait d'arriver, comme tous les ans, un peu avant le début du mois d'août.

Il déambulait torse nu, sur la plage, avec une planche de surf, roulant des mécaniques parce qu'il avait été le premier à importer ce sport sur la côte atlantique. Sûrement que je n'étais pas la seule à être amoureuse de lui, tant il était singulier. Il s'appelait Bobby. En fait, je le connaissais depuis toujours, mais je ne le vis que ce jour-là, quand il arriva une planche sous le bras.

Il avait regardé ma bouche. C'était la première fois qu'un garçon portait de l'intérêt à cette partie de mon visage. De sorte que je l'ai soignée ; j'ai appliqué sur mes lèvres une pommade brillante, légèrement rosée, qui transformait mes lèvres en bonbon acidulé. Il était gourmand. Un jour, il est venu se poser sur elle comme une abeille sur un fruit. C'était dans le box de mon cheval, il m'a serrée contre son encolure. Je me souviens de mon cœur qui s'est emballé et de Kid, complice, qui n'a pas bougé. À part lui, personne ne le savait. Je n'ai rien dit à Fifi. Même si son armada de lingerie, de quoi vêtir tout le Crazy Horse Saloon, m'avait peut-être incitée à brûler les étapes. Fifi occupait mon imagination. Avait-elle un jour rêvé d'être danseuse ? De lever les jambes sur les planches d'un quelconque cabaret ? Fifi était une femme qui rêvait d'une autre place que la sienne. Ce n'était pas lui rendre service que d'aimer sa comédie, de l'admirer quand elle employait les mots des autres. Mais elle jouait tellement avec sa personnalité qu'elle se perdait, et moi avec.

Maman disait qu'il fallait se méfier de Fifi. Cela ne nous empêchait pas de rire devant l'amas de lingerie, slips, balconnets, jarretelles noires, bleu ciel et rose tendre, qu'elle étalait devant nous. Elle ne pouvait être heureuse sans ces délires. J'étais triste qu'on puisse les prendre pour des trophées de courtisane ratée.

— Ma chérie, es-tu déjà sortie avec un garçon ?

Fifi ne résistait pas aux questions indiscrètes. Et celle-ci, récurrente, était posée avec un regard en coulisse et une vibrante curiosité. Qu'est-ce qu'elle entendait par « sortir » ? Fallait-il s'être embrassés plusieurs fois, ou bien une fois suffisait ? J'avais aimé la sensation forte qui accompagnait les lèvres de Bobby sur les miennes.

L'occasion d'un nouveau baiser ne s'était pas présentée. Les amants s'arrangent des rendez-vous. Nous n'en étions pas là, il nous fallait un prétexte. Le cheval en avait été un. Il n'en avait pas trouvé d'autre.

Le lendemain, il y avait bien eu cette scène sur la plage. Nous étions allongés côte à côte, Bobby et moi, dans le sable, le regard fixé vers le ciel, à chercher l'étoile du Berger, mais Sofia jouait à l'ange gardien. Son bras restait obstinément collé au mien malgré la voix de sa mère qui l'appelait dans la nuit.

À moins qu'elle ait voulu me protéger des hommes, et surtout du premier qui se présentait. Comme si elle pressentait les risques à se laisser séduire. Elle avait vu ma mère pleurer et pas seulement parce qu'elle écoutait *La Marseillaise*. La prédisposition à la souffrance devait couler dans nos veines comme l'hémoglobine. C'était une maladie de famille. L'amour, cette sottise de l'adolescence, devrait être réservé aux grandes personnes. À mon âge, c'était un piège dans lequel des nigauds tombaient à pieds joints. Sofia avait-elle peur que je fasse partie de ces nigauds-là ? Elle voulait m'en empêcher, alors elle ne me quittait plus, histoire de compliquer les intentions de Bobby. Sofia n'aimait pas que je lui échappe.

Il fallut renoncer ce soir-là. Sofia se leva, satisfaite. Elle n'avait pourtant rien à craindre. Ce ne serait pas pour un garçon que je partirais, mais malgré lui.

Je ne voulais pas finir allongée sur une serviette Pepsi, à rôtir au soleil dans un maillot aux attaches en plastique transparentes. Avec un peu de chance, je m'en irais avant. Avec un peu de chance, je trouverais la force de quitter le soleil et d'aller étudier. Je me méfiais du bonheur. Il ne donne aucune énergie et, en cela, il est dangereux. Il rend léthargique, monocorde, sans rêve au bout, ni surpassement de soi. Il est sans passé, sans avenir, instantané et désespéré.

Je ne voulais pas de ce bonheur-là.

Même si Bobby avait les yeux verts et la peau dorée, même s'il avait eu la bonne idée de choisir le box de mon cheval pour notre premier baiser, même si, à Fédala, à partir de dix-sept heures, il y avait dans toutes les cuisines, jusqu'aux plus modestes, quelque chose qui sentait les épices et qui mijotait sur une flamme. Même si c'était bon de marcher dans les flaques réchauffées par le soleil. Même si. Il faudrait partir.

En vérité, mon problème n'était pas de partir mais de quitter.

Je ne sais si j'étais amoureuse. Pourtant, je réagissais mal quand il évoquait son départ pour l'Amérique. Absurde, évidemment, puisque moi aussi, j'envisageais de partir. Mais une séparation volontaire ne ressemble pas à une séparation subie. La douleur du décisionnaire est différente de celle de la victime. Elle est plus lourde, plus noble peut-être mais plus culpabilisante. Pourquoi envisagions-nous de partir ? Pour voir ? Voir un autre continent, d'autres coutumes, d'autres habitudes ? Ou les autres tout simplement ? D'autres habitants de la planète Terre ? Cette population incertaine qui encombrait mes rêves. Comme si les autres, c'était nous en mieux. Mes ambitions étaient, proches de celles de Fifi, au-dessus de mes moyens. J'imaginais que mes parents s'étaient installés sur cette côte désertique parce qu'ils n'avaient pas besoin des gens. Ils n'avaient pas envie de défis, ils se suffisaient. J'étais jeune, cette sagesse, si c'en était une, me déplaisait.

Bobby et son copain, Pat Férandis, se mesuraient sans cesse. Tout y passait : la voiture des parents, la taille de la maison, les poissons pêchés, les minutes sous l'eau sans respirer. Les gens obnubilés par l'esprit de compétition étaient-ils plus heureux que les autres ? On ne s'écarte pas du chemin tracé par ses parents sans risques.

Mon père disait : « Il faut se brûler pour ne plus toucher la flamme. » Et, comme tout le monde, j'avais envie de choisir ma vie en évitant de me brûler. Pour y parvenir, si cela était possible, j'avais encore besoin de lui. Mais il n'était plus là pour répondre à mes interrogations. Il était monté au ciel, comme disait ma mère, après une crise cardiaque. Il avait changé d'adresse. C'était la veille de mes quinze ans. Allongée sur le gazon, j'ai fixé une étoile une nuit entière.

Ici, on parlait d'une belle mort, puisqu'il ne s'était pas vu partir. C'était idiot. Le résultat de cette « belle mort » était que je n'avais plus de père. J'étais devenue à moitié orpheline à la fin d'un été. La petite fille était partie avec lui. Celle qui restait devait se dépêcher d'être adulte. Il allait me manquer pour les devoirs, il allait me manquer pour la pêche la nuit, pour me moquer de Fifi, pour prendre soin de ma mère, pour parler de l'avenir. Je me demandais si c'était plus triste pour lui d'avoir quitté la vie ou pour moi de continuer la route sans lui.

6

Depuis un an, le lycée organisait des échanges entre étudiants. Luisa habitait le Sussex, elle était d'une blancheur qui n'existait pas ici, pas plus que la blondeur de Fifi. À côté d'elle, Sofia et moi paraissions plus foncées que nous ne l'étions en réalité. Nous avions la couleur des petits orphelins qui défilaient sur la plage.

Luisa passa sa main le long de mon bras comme pour vérifier que c'était bien ma peau, que je n'étais pas peinte, presque heureuse d'avoir la certitude qu'elle ne deviendrait jamais un cafard... À la rigueur, un homard si elle restait trop longtemps sur la plage.

— *You are so black!* dit-elle, comme si nous étions de tribus différentes.

Notre niveau d'anglais était assez faible, mais ça, on comprenait.

La robe à fleurs rose pâle et beige, très rideaux de cuisine, détonnait à côté de nos hanches drapées dans un paréo aux couleurs vives.

— Look at your hand! at your forehead! You look like savages!

Sofia et moi partîmes d'un fou rire, cela nous amusait d'être dévisagées comme les Indiens d'une réserve parce que nous portions quelques tatouages au henné qu'Aïda nous appliquait à l'aide d'un bâtonnet. Selon l'inspiration, elle dessinait des losanges, des branches d'arbres ou encore des mains, censées nous protéger contre le mauvais sort.

Sofia s'était envolée. Elle s'était éclipsée une fois la nuit tombée : elle n'avait pas supporté l'invasion anglaise après l'invasion parisienne. Bobby nous avait rejointes : sur le tard, après s'être entraîné à surfer sur une série de vagues plus fortes qu'à l'accoutumée à cause d'une histoire de lune.

— On pourrait faire un feu de camp ce soir ?

Maman était sortie avec Fifi, ce qui n'arrivait pas souvent. Elles s'étaient rendues chez des amis, partager des fritures de merlans et de calamars. On en profitait pour organiser des choses pas ordinaires. Bobby était le seul d'entre nous à pouvoir construire des phrases en anglais grâce à deux ou trois séjours dans une famille près de Londres et à une certaine assurance.

Luisa applaudit, le projet la ravissait, le dernier tube à la mode rapporté de Londres faisait vibrer toute notre maison. Les murs se mirent à tourner.

Je fus prise d'un malaise, tant et si bien que je m'effondrai sur le canapé du salon. Le moment était mal venu, alors que j'avais moi aussi envie de m'amuser. Bobby était si occupé à danser qu'il mit un certain temps à s'en apercevoir. Quand enfin son attention se porta sur moi, il appliqua une main sur mon front et me demanda si je n'avais pas pris trop de soleil. Boire ? Non, il n'y pensa même pas ; nous ne buvions jamais, mis à part du Fanta, une boisson d'un orange aussi vif que le maillot deux pièces de Fifi.

Mais une nausée me souleva le cœur, j'écartai sa main de mon visage et je m'enfuis en courant dans le jardin, faisant signe à Bobby de ne pas me suivre. Et tandis que j'étais pliée en deux, au-dessus des géraniums, occupée à rendre mon repas, j'entendis mon petit ami et ma correspondante anglaise rire à gorge déployée. Ils dansaient.

Ils étaient mes invités, j'aurais dû m'en réjouir. Mais la sensibilité peut contrarier la générosité, en fait cela m'affecta. L'un comme l'autre se fichaient que je sois malade.

Ils dansaient le rock et elle tournoyait comme j'étais bien incapable de le faire. Ils étaient en rythme, on aurait pu croire qu'ils s'étaient entraînés de longues nuits. Je voyais Bobby au travers des feuillages attraper Luisa par la taille, la pousser d'un geste expert, loin de lui, afin qu'elle revienne avec plus de force se coller au creux de son épaule. Penchée sur mes fleurs et malgré le grotesque de la situation, je les admirais. Avec le frère de Sofia, je m'étais essayée au rock and roll sans succès. Je lui avais écrasé les pieds au point qu'il n'avait plus voulu danser avec moi. Malgré les orties qui me brûlaient les mollets, je n'osais pas les déranger. Ils étaient sans gêne. La mienne leur eût paru ridicule.

Alors, je me rendis en silence sur la terrasse. Face à la mer, je compris soudain l'apaisement que mes parents ressentaient à la regarder. Elle était toujours disponible, toujours là, à attendre qu'on la contemple. Fallait-il avoir été blessé pour en ressentir la nécessité ?

Rien, cependant, n'aurait pu empêcher les larmes d'envahir mes yeux et ma gorge cette nuit-là. Quand retentit la voix d'Elvis Presley, mon infortune me sembla totale. *Love Me Tender*, c'était ma chanson, celle qui m'emmenait les yeux fermés loin d'ici. J'avais envie de dire : « Pas lui ! », je leur laissais James Brown, je leur laissais Johnny Hallyday et Donovan, mais je voulais garder Elvis. Même le rideau de la cuisine s'empara du slow. Comme quoi, l'habit ne fait décidément pas le moine.

Il fallait sortir de mon trou, la tête haute comme si rien ne s'était passé, sinon mieux valait rester à Fédala avec Mme Férandis, qui n'avait jamais travaillé que son bronzage et la mère de Sofia qui ne savait faire que le couscous au poisson.

Inspirer, expirer, respirer avec le ventre uniquement, se concentrer sur l'air que filtrent les narines comme dans les magazines de Fifi. Pas si simple.

Car ils sont infatigables.

James Brown cette fois : *Sex Machine*. Au point où nous en sommes… J'entends à peine le bruit des vagues tant la musique est forte.

Il faut dire à leur décharge que la musique entraîne.

Respirer, inspirer, à nouveau.

La mer ne compte plus, je m'en fiche, du sable et de la lune aussi. Il suffit d'une chanson un peu forte pour anéantir toute la planète.

Quatrième tube, il s'agit d'une danse rapide cette fois, mais pas un rock. Ce doit être Trini Lopez, très en vogue chez nous. Une sorte de twist, ils doivent se tortiller, l'un en face de l'autre. Moi, je suis retenue en otage, derrière un mur, face à la mer.

La brise se lève, c'est le moment critique de la soirée, quand le jour est déjà loin et que la nuit paraît sans lendemain. La brise caresse mon visage et apporte avec elle l'odeur de la marée.

Je respire comme je le sais, sans penser au ventre qui gonfle, qui garde, je respire les yeux fermés comme quelqu'un qui veut de l'air.

Soudain la musique s'arrête. Trini Lopez, puis rien. Le silence. Jusqu'à ce que me parviennent des interrogations, des injonctions. Où est-elle ?

J'entends le bruit de leurs pas, ils doivent tourner comme des toupies pour constater l'évidence : elle n'est pas là ! Ils étaient trop fous pour s'en apercevoir avant. Un pick-up et Trini Lopez, dans une maison pas terrible, sur le bord d'une plage abandonnée avaient suffi pour leur faire perdre la tête.

Je ne viens pas tout de suite les secourir, je les laisse à leur inquiétude. Ce n'est pas si désagréable qu'ils s'inquiètent.

Puis Bobby m'appelle, suivi de la voix de Luisa. Je ris. Chacun son tour. Sofia ne les aurait jamais laissés danser, elle leur aurait dit, les mains posées sur les hanches et l'intonation autoritaire: «Maria-Lila est malade… vous n'y pensez pas!» Et je n'en aurais rien su, elle aurait gardé cet épisode pour elle, pour éviter de me faire de la peine.

J'entends la voix de Bobby, le débit saccadé, essoufflé d'avoir tournoyé: «Et Maria-Lila?» Planquée face à la mer, je profite de leur culpabilité. C'est bien la culpabilité des autres. Je ferme les yeux, à la recherche d'une contenance. Dans le noir, j'implore mon père de descendre du ciel pour m'aider. J'implore mon père, d'un coup de baguette magique, de m'apprendre à affronter l'adversaire, à adopter une contenance, celle qui donne le change. Il suffit parfois d'un mot drôle pour créer l'illusion, d'un peu d'aplomb pour ne pas perdre la face… Dire: «J'étais bien, là, dans mon coin pendant que vous dansiez», ou encore: «J'aime regarder la mer à minuit.» Le problème est de paraître crédible.

Rester impassible devant l'adversité, ne sembler ni joyeuse ni triste, et avancer une explication. Non, pas d'explication; la dissimulation s'imposait de toute évidence.

Les enfants apprennent très tôt à feindre la douleur pour ne pas aller à l'école ou obtenir une faveur, mais cette fois il s'agissait du contraire : je devais simuler le bien-être pour parvenir à mes fins. Jouer la comédie eût été à ma portée, c'est le rôle qui ne l'était pas. Ma sérénité devait suffire à me venger. Le bonheur des uns ne fait pas forcément le bonheur des autres. On l'apprend en sortant de l'enfance.

C'est ainsi que Luisa et Bobby me découvrirent accoudée à la balustrade. Quand je sentis leur présence derrière mon dos, je me retournai en une volte-face énergique et élégante, sourire aux lèvres, les bras grands ouverts, l'intonation détachée et accueillante : « Bienvenue sur la terrasse, voyez comme il fait meilleur, ici, à cette heure. »

Bienvenue dans le monde des adultes !

7

J'habitais dans le jardin, en dehors de la maison principale, un ancien garage que mes parents avaient surélevé pour y construire ma chambre. Une grande chambre meublée de trois ou quatre lits, comme un dortoir, et d'une table en bois blanc pour travailler. Une terrasse prolongeait la pièce, mais aucun meuble n'y était installé. On ne pouvait s'asseoir que sur la rambarde et c'était dangereux. C'est là que mon père aimait me photographier. Longtemps j'ai vu sur son bureau une photo de moi, les cheveux courts, avec juste une culotte de maillot de bain, les bras croisés sur la poitrine, le regard lointain. J'avais six ans, peut-être sept. Où est passée cette photo ?

Ma mère n'aimait pas les maisons. Elle ne les décorait pas, évitait les objets et les tableaux, des nids à poussière, disait-elle. Alors, je m'étais débrouillée toute seule. Sur les murs j'avais accroché mes dessins et une carte du monde. Et sur ma table de nuit j'avais posé une boîte contenant ma collection de coquillages. C'était mon univers.

En remontant l'escalier, j'ai vu une enveloppe, découpée dans un drôle de papier bleu qui imitait la couleur d'un blue-jean, coincée dans l'entrebâillement de la porte. Le facteur passait peu ici. Une lettre demeurait quelque chose de rare. J'en possédais tout de même quelques-unes, dans une autre boîte, recouverte de berlingots peints, disposée à côté de celles aux coquillages. C'est là que j'avais gardé la lettre de Claude, un garçon avec de grands yeux bleus. Il se cachait pour fumer pendant la récréation pour se donner des airs d'indépendance ; il était plus petit que moi et c'est ce que je préférais chez lui parce que cela me rassurait de le dépasser. Résultat, un baiser furtif du bout des lèvres devant la maison alors qu'il était assis sur sa mobylette orange et moi debout. D'après Sofia, cela ne suffisait pas pour le compter comme un petit ami. Il fallait plus.

Il y avait encore une lettre de Laurent. Laurent avait la mauvaise habitude d'écrire sur mon cahier de textes, ce qui me valut des ennuis. Il portait des bottillons à fermeture Éclair, des Ray-Ban vert clair et une frange raide lui barrait le front. À quinze ans, il conduisait la voiture de son père sur les routes abandonnées bien après notre maison et se destinait à une carrière de pilote de course. Il aurait pu me plaire. J'ai gardé son mot, malgré les fautes d'orthographe.

Il y avait aussi les lettres de mon père. Chaque fois, avant de partir dans le désert tuer des gazelles, au Rwanda où il chassait le buffle cafer-cafer, à Dakar où il pêchait l'espadon et le marlin bleu, il m'écrivait. Il ne m'avait pas écrit avant d'aller au ciel, la mort l'avait surpris.

La veille de chacune de ses expéditions, je le suppliais de ne plus tuer. J'étais une enfant trop sensible, disait-il. Ce que maman et Fifi redoutaient le plus, quand elles étaient petites, c'était d'épouser un homme qui ronfle. Dans notre famille, le mari ronfleur tenait de l'épouvantail. Pour moi, le mari à bannir était le mari chasseur, celui qui revient à la maison avec du gibier sanguinolent, celui qui sent la poudre et le sang. Comment Plouc pouvait-il être mêlé à ces carnages, comment papa pouvait-il être fier de lui quand il lui rapportait des perdreaux bien calés entre ses crocs ?

Jusqu'au jour où une gazelle blessée à l'épaule est revenue vers mon père. La plus belle lettre qu'il m'ait écrite raconte cet épisode.

Il a dû achever la gazelle, il n'avait pas le choix. Le regard de la gazelle lui avait arraché une larme et était resté gravé dans sa mémoire. Je lui ai pardonné à cause de cette larme et parce que je savais qu'il ne recommencerait plus.

Je possédais huit lettres de mon père. Presque toutes commençaient par « Ma chérie », sauf une qui commençait par « Maria-Lila ». Une lettre sérieuse, envisageant mes études à Paris et la somme qu'il pourrait virer sur un compte tous les mois.

Papa ne m'écrirait plus de lettres. Ni tendres ni sérieuses. De lui, je n'en posséderais jamais que huit soigneusement pliées au fond de ma boîte. Pourtant, quand j'ai vu celle qui était coincée dans l'entrebâillement, j'ai pensé à lui, comme si cela pouvait encore arriver.

Laurent ne pouvait pas m'écrire, nous étions fâchés. Ce n'était pas l'écriture de Claude.

Qui m'écrivait donc ?

La lettre débutait ainsi :

Maria-Lila, pardon. Il vaut mieux être l'idiot du début que l'idiot de la fin. L'idiot du début qui regrette, rectifie la trajectoire et ne recommencera plus, alors que celui de la fin porte en lui sa farce et c'est décevant. J'ai été maladroit une fois, je ne le serai pas deux. Je t'aime.

Je n'avais pas imaginé que Bobby pût m'écrire. Je l'avais chassé de mon esprit, mettant en pratique les leçons de Fifi : « Il faudrait être complètement stupide, ma chérie, pour aimer quelqu'un qui ne t'aime pas ! Non ? » disait-elle, cherchant mon approbation. « C'est tellement évident ! Il y en a des hommes sur terre ! » À vrai dire, je ne trouvais pas cela évident ; je me sentais un penchant pour les hommes lointains. Comme Paris. Cela allait avec et réveillait en moi un esprit de conquête qui risquait de se transformer en une inépuisable source de souffrances.

Fifi était plus simple. Et son leitmotiv s'accompagnait toujours d'un drôle de sourire qui laissait à penser qu'elle en avait connu pas mal.

J'ai relu la lettre. Je l'ai pliée et elle a rejoint les autres dans la boîte aux berlingots.

8

Fifi profitait de chaque moment chez nous. L'enthousiasme de notre blonde cousine nous rassurait. Peut-être fallait-il s'éloigner des lieux de l'enfance pour mieux les apprécier ? Fifi contemplait la mer à nouveau, elle se régalait des beurirs et des riffes que l'on servait chaudes, dégoulinantes de beurre fondu et de miel. Elle disait : « Rien au monde n'est meilleur que ça ! » Quelque parti qu'elle prenne, c'était toujours avec le superlatif. Elle faisait ses gammes sans jamais lésiner. « Il n'y a qu'ici !... » était sa déclaration préférée. Évidemment, elle mentait. Fédala avait autant de qualités que de défauts. Mais après avoir trop vanté les avantages de Paris, elle rééquilibrait ses propos en évoquant notre village, sa beauté, sa cuisine, comme s'il s'était agi d'une personne physique.

Fifi donnait et reprenait, sa pensée était faite d'un système de balancier qui reflétait ses déchirements, ses dualités. J'avais l'impression qu'elle voulait égaliser les avantages entre ses deux pays afin que rien ne dépasse d'un côté comme de l'autre.

Fifi était passée maître dans l'art du bavardage. Seule la mastication interrompait son babillage. Les repas obéissaient à tout un cérémonial, une sorte de déclaration d'amour. Ici, on célébrait l'affection et même plus en offrant de la nourriture. Plus on nous aimait, plus on nous en offrait. Et, pour montrer sa reconnaissance, il fallait honorer le repas. Dès le petit déjeuner, Fifi était mise devant l'obligation d'avaler des crêpes, du pain forcément chaud puisqu'il sortait du four, mais aussi des grenades, des figues de Barbarie, de la confiture amère faite avec les oranges du jardin, du miel, du thé à la menthe sucré, et un petit tagine aux œufs, à la tomate et aux boulettes… Un régal auquel elle cédait avec gourmandise. Elle avait l'âge où un bon repas vous réconcilie avec la vie.

J'étais jeune, maigre et je n'en avais pas besoin. Mais tôt ou tard, me disais-je, la nourriture me rattraperait, et tout ce que j'aurais ingurgité depuis des années me submergerait d'un coup, et d'un coup j'attraperais le derrière d'Aïda. Certains prétendaient même que le postérieur poussait en une nuit. Si bien qu'il m'arrivait le matin de passer la main sur ma croupe, afin de vérifier que le couscous n'avait pas eu raison de mon corps.

En vacances, après le déjeuner, je partais me promener en canoë, ce qui ne manquait jamais de provoquer chez ma mère une réaction d'effroi. Parmi toutes ses terreurs, et Dieu sait si elles étaient nombreuses, celle de l'hydrocution, une déferlante venue de chez les Férandis, comptait parmi les plus tenaces.

Maman se baignait peu, elle ne pouvait donc se rendre compte de la complexité de ses règles de vie. Comme un festin ponctuait la journée toutes les trois heures, tout ce que l'on faisait précédait forcément un repas ou y succédait. De toute façon, la mer et le soleil étaient ses ennemis. Le soleil accélérait le vieillissement et parsemait la peau de taches brunes affreuses, autant que l'eau de rose qui, selon elle, transformait les femmes en crapauds. En fait, la question ne se posait plus puisque le soleil n'était plus à la mode. Le verdict était tombé dans les magazines que lisait Fifi. De sorte qu'après avoir consacré l'essentiel des journées à le chercher, maman passait à présent son temps à l'éviter. Elle tombait dans tous les excès. Celui-là était plus complexe que l'autre car il fallait aller très tôt au marché le matin, porter des chapeaux à bord en toute circonstance, des lunettes aussi et s'enduire d'écran total toutes les deux heures sous l'eucalyptus où elle avait trouvé refuge. Elle y restait un temps considérable. Son corps, saturé de soleil, avait élu domicile sous un arbre.

J'avais perdu le regard bienveillant de l'enfance. Pour une jeune fille, changer le monde commence par changer sa mère. J'aurais voulu l'intéresser aux affaires, à la politique, à mes futures études, j'aurais aimé qu'elle ait un avis sur les événements, sur mon avenir, qu'elle succède à mon père, qu'elle lâche son dictionnaire. Sofia se contentait d'une mère spécialiste en couscous au poisson. La mienne n'était spécialiste en rien, en bains d'ombre peut-être, mais ils ne profitaient qu'à elle. Sofia avait fini par accepter que sa mère ajoute des crabes farcis dans le plat du vendredi soir, il y avait quelque chose de fataliste dans son attitude, quelque chose d'ici que je n'avais pas. Je me battais avec le plus d'habileté possible pour faire sortir la mienne de ses rêveries en clair-obscur.

Seize ans que j'habitais Fédala…

Malgré tout, je ne m'étais lassée ni de la chaleur ni de la mer. Le déclic se ferait peut-être à dix-huit ans, avec le bac. Le bac transportait les enfants sur l'autre rive et les transformait. Le bac permettait le rêve et l'évasion qui allait avec. Deux ans de tranquillité et après c'en serait fini de l'insouciance, je serais obligée de rêver à un autre destin, ou de rester là, comme maman, comme Mme Lasri, le regard prisonnier de la mer.

J'avais peur. Être assignée à résidence toute une vie, sous un eucalyptus, me donnait le vertige. Peur du choix, sans doute. Parfois, dans mon sommeil, j'étais un équilibriste, un de ces personnages du cirque Amar qui marchent sur un fil avec un balancier au bout des bras. D'un côté, le soleil et la résignation, de l'autre, les artères illuminées et la liberté.

Parfois encore, j'imaginais qu'une université s'était construite dans le champ en face de notre maison, qu'une cafétéria s'était installée sur la plage à côté d'une grande librairie et d'un Monoprix. Je n'avais plus à choisir. Un monde où je n'aurais pas à choisir, sans déchirure, sans séparation, un monde où famille et amis rimeraient avec études.

Dans le mien, les mains de Fifi dégoulinaient de miel, tandis que maman en short vichy enviait son appétit. L'eau qui sortait du tuyau d'arrosage était si brûlante que j'étais obligée de la laisser couler quelques secondes sur un gazon dru et coupant. Maman m'en avait soufflé le drôle de nom, kikuyu, et elle aimait le répéter. Elle savait peu, mais elle aimait savoir. Elle connaissait des noms de fleurs compliquées, les moments les plus favorables de l'année pour les planter mais elle ne cherchait pas à se cultiver plus, malgré le sentiment de supériorité évident qu'elle avait à épater Mme Lasri et Mme Férandis. Elle était lascive et, à part un manuel de jardinage, elle abandonnait tous ses livres vers la cinquantième page.

— Rince tes doigts pleins de miel, c'est dangereux, les guêpes peuvent te suivre et, surtout, n'oublie pas de fermer la bouche et de coller la main dessus : si tu en avales une, tu meurs !

Voilà, c'était simple. Fifi qui comprenait mon agacement regardait sa cousine d'un de ces regards chargés impossible à ne pas décrypter. Mais maman continuait de plus belle :

— Le soleil tape fort... Gare aux insolations ! C'est très dangereux ! Prends un chapeau ! Mouille-toi la nuque avant de plonger !

Le danger était partout, sauf sous un arbre où, semble-t-il, un caméléon avait élu domicile. Lui dessus, elle dessous. Il portait ses couleurs et cela l'amusait. Ses yeux qui la fixaient ne l'impressionnaient pas. « Même pas », comme disent les enfants. Le caméléon, c'était son moment de bravoure, son numéro, comme le saut d'obstacles, la pêche au gros pour papa et moi. Elle attrapait l'animal rose comme son short et le caressait, tandis qu'il s'agrippait à son annulaire : « Un petit dinosaure à carreaux roses et blancs... » Un grand divertissement, ici, à Fédala, un de ces moments où l'on pouvait se convaincre que l'on avait de la chance.

— Je vous attends sous l'eucalyptus avec de la friture d'éperlans et du vin blanc...

Elle disait ça pour que l'on revienne plus vite, la coquine, pour que l'on pense à son vin frais quand le soleil brûlerait et à sa friture quand, vers treize heures, le ventre nous tiraillerait. Une dernière tentative : « Mon arbre ne vous tente pas ? »

Quand maman se baignait, c'était toujours un événement. Elle rentrait dans l'eau très lentement en poussant des petits cris parce que, même à vingt-sept degrés, elle la trouvait trop froide.

Ma mère était délicate, elle réagissait au moindre inconfort comme à une atteinte à sa personne. Les rares fois où elle se trempait dans la mer, elle posait son peignoir sur une serviette qu'elle jetait après, parce que le sable l'avait touchée et la dégoûtait, puis elle remontait à la maison en courant, enroulée dans sa sortie de bain immaculée.

Preuve qu'on pouvait être délicate à Fédala, aussi étrange que cela puisse paraître. Comme cette femme qui vendait des figues de Barbarie sur la plage : elle se tenait droite, un panier posé sur son crâne, le menton relevé, la jupe drapée sous sa ceinture, telle une reine de podium. Ce n'était pas mon cas : je marchais pieds nus sur le sable comme sur le macadam, après mes baignades, je séchais à l'air libre et sans chapeau sur la tête : « Tu vas attraper la mort », disait ma mère. Je ne récoltais rien de plus grave que du sel et du sable sur ma peau, un peu de goudron sous mes pieds, dont j'enlevais le surplus avec une arapète et les taches avec un peu d'huile d'olive, et ma peau était trop tannée pour souffrir du soleil.

Sofia, elle, était superstitieuse, ce qui pouvait paraître une forme de délicatesse. On devait avoir huit ans quand, sur la plage, alors qu'elle était allongée, Pat Férandis sans aucune malignité l'avait enjambée. Elle avait hurlé et supplié de l'enjamber à nouveau, mais dans l'autre sens. Pourquoi ? Quelle lubie s'était emparée d'elle ? En pleurant : « Si tu ne me repasses pas dessus, je ne grandirai plus… » Sûrement une superstition de son pays. Pat s'exécuta, la saupoudrant de quelques grains de sable au passage, tandis que Sofia, soulagée, pouvait à nouveau espérer prendre quelques centimètres.

À chacun sa folie... Maman aimait préciser : « folie douce ». Soit.

Ce matin-là, Fifi avait décidé de m'accompagner.

— Pas de regret, on part sans toi ? demanda-t-elle pour la dernière fois à ma mère.

On pouvait partir, maman n'avait pas d'amertume de cet ordre-là. Il est probable qu'à Paris, elle se serait lassée de la ville, comme elle s'était lassée de la mer. La vie ne prenait pas sur elle ; tout ce qui était trépidant, tout ce qui risquait de la bousculer, de la déranger dans ses habitudes aussi infimes soient-elles, l'effrayait.

Maman résistait à la vie, au mouvement, à l'évolution, même à mon surnom, puisqu'elle seule persistait à m'appeler Marie quand tout le monde m'appelait Maria-Lila. « Tu n'oublies pas ton chapeau, tes sandales, tes lunettes... Pas d'eau froide le ventre plein, ta main sur la bouche si tu passes devant un essaim de... », etc.

Une mère d'un pays froid dirait : « N'oublie pas l'écharpe, le bonnet, les gants », juste pour changer.

Mon bob vissé sur ma tête, j'adressais à maman un petit signe de la main, consciente de la fragilité de ce sophisme : les mères répètent, les bienheureux désobéissent.

Je savais qu'un jour ses exhortations me manqueraient, qu'un jour, le monde entier se ficherait de savoir si j'avais pris un bonnet ou un chapeau de paille, qu'un jour, les mères et leurs recommandations disparaissent.

Je <u>grognais</u> pour la forme, pour être comme les autres, parce que c'était de mon âge et que l'on est ridicule à seize ans si on ne grogne pas ; mais je portais mon chapeau et mes sandales, je me cachais le nez et la bouche en passant devant les guêpes.

9

J'ai tiré le bateau pneumatique du haut de la dune jusqu'à la mer, les forces décuplées par l'envie d'emmener Fifi du côté de la crique que l'on surnomme l'Aquarium, parce que l'eau y est si transparente qu'on y voit les fonds et les poissons sans avoir besoin de plonger. Nous nous sommes installées chacune à une extrémité du Bombard, mes jambes repliées, les siennes allongées, toutes deux ramons en direction de la petite crique.

Chaque année, je devais lui réapprendre. Fifi ramait dans le mauvais sens.

Elle choisissait le large tandis que je m'épuisais à nous ramener vers les côtes. C'était comme le rock, il fallait un peu de coordination et le moins que l'on puisse dire, c'est que nous n'étions pas synchronisées. L'embarcation était petite mais confortable. Le caoutchouc ramolli épousait les formes de nos corps, rien à voir avec la dureté d'un pneumatique trop gonflé.

Nous avancions, malgré Fifi, dans la bonne

direction sur une mer passablement agitée : « Tu vas voir comme c'est beau ! »

Fifi n'était pas avare de compliments, elle n'était d'ailleurs avare en rien et les compliments allaient avec le reste.

— On est bien ici…, dit-elle en laissant tomber sa tête en arrière.

Ses cheveux traînaient dans l'eau, elle oubliait de ramer, et c'était plus facile pour moi.

Son paréo était assorti à son costume de bain, qui était assorti à sa trousse plastifiée, qui était assortie à ses sandales : une gravure de mode comme il n'en existait pas ici. Elle ne s'intégrait pas à la nature, elle détonnait. Ses couleurs étaient trop neuves, trop criardes, pas moyen de les oublier.

— Je me laisse conduire ? dit-elle en relevant la tête, un peu coupable, mais consciente de son incapacité.

Pour se faire pardonner, elle me badigeonna le haut des épaules et le bout du nez sans que je le lui demande d'une crème légère, onctueuse et qui sentait bon le parfum des femmes maquillées.

J'avais l'impression que l'Aquarium m'appartenait parce que je l'avais découvert et que personne n'y venait à part moi.

— C'est beau, non ?

Les rochers nous enserraient comme les murs d'une maison et nous protégeaient de la mer agitée.

J'aurais voulu abuser de la magie de ce lieu pour lui demander si parfois, à Paris, plongée dans les embouteillages, il lui arrivait de regretter son ancienne maison couverte de bougainvilliers – mais il aurait été facile de profiter de la situation. Puis, je ne posais plus de questions dont je redoutais les réponses. Encore un apprentissage que je pouvais inscrire dans le petit carnet qui me tenait lieu de guide depuis que mon père n'était plus là : « Ne pas poser de questions dont on redoute la réponse. » Cette sagesse m'était venue le jour où j'avais demandé au vétérinaire si ma chienne Diana, qui avait précédé Plouc, survivrait aux dix chiots auxquels elle avait donné naissance. Il avait répondu : « Non. » Comme ça, aussi sec. J'ai vu les chiots la téter alors qu'elle n'était plus. Longtemps, cette image m'a poursuivie. Inutile de se retourner, une maison, même couverte de bougainvilliers, ne demeure qu'une maison.

Voilà. Il est probable que lorsque mon carnet sera rempli, je serai sage. Alors je note ; comme si les mots écrits pouvaient remplacer les mots parlés des vivants.

Fifi, abandonnée à elle-même, laissait parfois échapper des soupirs de bien-être.

Pourquoi était-elle partie ? Quelle ambition, quelle abnégation avait poussé Fifi loin du pays de son enfance ?

Quelle brisure, quel manque avait-elle voulu combler ? J'excluais l'ambition professionnelle, Fifi n'avait jamais travaillé. Mais alors pourquoi ?

Était-elle capable de traverser l'Atlantique pour des chimères ? À moins qu'il ne s'agisse d'autres futilités que je ne connaissais pas encore. Dans mon entourage, personne n'envisageait qu'une femme puisse gagner sa vie, «cela ne se faisait pas», et cette abnégation avait à voir avec la condition sociale. Ici, seuls les pauvres faisaient travailler les femmes alors qu'à Paris c'était, semblait-il, souvent le contraire.

L'idée qu'un jour il puisse être trop tard me traversa l'esprit. C'était une idée nouvelle, une sorte de finitude qui s'emparait de tous les moments de la vie, même les plus anodins. La fin était partout, pas seulement dans la jeunesse, il y avait aussi la fin des rêves, la fin des choix. Un jour arrive où l'on ne peut plus dire : « Quand je serai grand, je serai… » On est grand et l'on est. Je redoutais ce moment où l'être se durcit comme l'argile. Où le mouvement est figé.

— Tu crois qu'un jour dans la vie, il peut être trop tard ?

Mais les yeux mi-clos, elle me répondit : « Pour déjeuner ? Tu veux aller déjeuner ? »

Et elle bascula la tête en arrière. Personne ne répondait à mes interrogations. Maman ne les comprenait pas et Fifi faisait semblant de ne pas les entendre.

Seule demeurait la voix de mon père. Papa parlait peu, mais ses mots restaient. Maman parlait beaucoup et il n'en restait rien ou presque.

Ce jour-là, l'esprit de papa ne voulait pas descendre sur notre frêle esquif. C'est le problème avec les disparus, ils n'en font qu'à leur tête. À moins qu'il n'existe des questions auxquelles personne ne peut répondre, parce que personne ne sait si le bonheur se loge sur les Champs-Élysées ou sur le sable du rivage ; affaire de goût. Personne ne peut dire si je dois partir ou rester ; personne ne sait ces choses-là. Papa aurait su, mais il n'était plus là.

Il s'en était allé sans me conseiller sur mon avenir. Il m'avait laissée seule face à mes questions. Parfois, au lieu de répondre par moi-même, je cherchais sa voix, ce qui m'attirait une réplique peu accommodante. « Tu es tyrannique », voilà ce que je récoltais ! Lui qui m'avait laissée tomber s'énervait de mes abus. Je lui en voulais et lui faisais porter la responsabilité de son absence. Quel luxe ! Papa responsable était un peu là. Il arrive des moments heureux où la voix des disparus se mêle à la nôtre, au point qu'il est difficile de savoir qui s'exprime.

Je rame avec les mains, la tête appuyée contre la bouée comme Fifi.

— Il va falloir plonger…

— On est si bien…

— Tu penses à quoi ? me demanda Fifi comme si elle soupçonnait quelque chose, le nez froncé sous ses Ray-Ban.

— Je pense que tu as de belles lunettes…

— Tiens, je te les donne.

Ils sont comme ça, les gens d'ici : ils donnent à la moindre occasion, en l'occurrence il a suffi d'un compliment.

— Et pourquoi je ne pourrais pas t'offrir mes lunettes ?

— Parce que tu vas te brûler les yeux…

— Et toi, je ne veux pas que tu te brûles les yeux…

— Le soleil ne m'éblouit pas…

— Qu'est-ce qui t'éblouit ? Bobby ?

J'ai alors tout raconté, les géraniums, le ridicule, le rock'n'roll, l'attente planquée, Trini Lopez et compagnie.

Fifi m'a écoutée et j'ai compris qu'elle me considérait différemment, que soudain, à cause des hommes, je n'étais plus une petite fille, qu'elle avait dû elle aussi rencontrer une situation similaire.

— Alors, qu'est-ce que tu as fait ?

L'œil est sévère, elle attend ma réponse, inquiète à l'idée que je me sois prosternée aux pieds de Bobby ou quelque autre enfantillage.

— Je me suis dit qu'il ne fallait rien montrer et j'ai joué la comédie, comme si tout allait bien.

Petit soupir de soulagement. Du coup, elle me laisse finir la manœuvre toute seule ; sa main traîne dans l'eau claire, de temps à autre, elle la passe dans sa nuque d'un geste nonchalant…

— Les questions, c'est de ton âge, me dit-elle. Quand on ne s'en pose plus, c'est mauvais signe.

Certaines personnes n'arrêtent jamais de s'en poser parce qu'il n'y a pas de choix idéal, pas une vérité, mais plusieurs vérités. Tout dépend de quel côté on se place. Il suffit de trouver la sienne.

Fifi passait d'un sujet à l'autre avec la même verve incontrôlable.

— Ton père ne partait jamais en mer sans une ligne qu'il laissait traîner sur le bateau, au cas où une dorade se trouverait dans les parages. La pêche s'accompagnait inévitablement toujours de mauvaises odeurs, un curieux mélange de poisson pourri et de sable qu'il écrasait avec des pierres et trimbalait dans un seau, le jus puait l'enfer.

Je ne pouvais que lui donner raison. La pêche à la ligne est une succession de gestes écœurants. Il faut commencer par ouvrir une boîte de vers grouillants pour en accrocher un par les entrailles à un hameçon. Arroser la mer de l'infâme potion. Et quand le malheureux poisson tombe dans le piège et mord à l'hameçon, le pire commence : remonter l'animal qui se tortille de douleur, l'attraper à pleines mains, lui arracher la gueule et l'hameçon avec. En général, les lèvres du poisson restent pendues au crochet d'acier. Une horreur. La dernière fois, j'avais préféré me jeter à l'eau et rentrer à la nage malgré les rouleaux et les hurlements de mon père.

Avec Fifi, pas d'odeurs de poisson, pas d'ongles noircis par la potion diabolique, mais une bonne odeur d'huile solaire et une belle vision d'ongles vermillon qui défiaient la nature.

L'univers de la chasse et de la pêche avait commencé dès ma naissance, trois jours après exactement ; au lieu d'une barboteuse rose comme tous les bébés filles, on m'avait affublée d'une tenue de chasse kaki aux poches brodées à mes initiales.

— On s'arrête là pour se baigner ?

Fifi qui somnolait au soleil se releva.

— Comme c'est beau...

La crique formait une anse, comme un petit port qui nous protégeait du vent.

— Là, c'est mon plongeoir, lui dis-je en lui montrant du doigt une dalle détachée qui semblait flotter sur la mer.

— Tu plonges de si haut ?

Haut ? Il n'y avait pas de quoi épater la galerie, deux mètres à peine, peut-être trois, alors que Pat Férandis plongeait de la grande pointe, au moins cinq mètres de haut ! Si Fifi m'admirait pour si peu, alors tout était faussé, me disais-je, et cette admiration déplacée annulait toutes les autres.

En attendant, Fifi se couvrait le visage d'algues transparentes, se frottait les fesses avec de la mousse arrachée aux rochers et se félicitait de cette séance gratuite d'acupuncture et d'algothérapie. Selon elle, j'étais une sirène, je n'aurais donc jamais de problèmes de cellulite parce que depuis que j'étais petite, je nageais, je montais aux arbres, je ramais, je surfais, je galopais, j'attrapais les crabes et les scorpions à la main, je tirais au ball-trap et que la cellulite n'attaquait pas «les Indiennes». «Indienne ou sirène? – Les deux, tu es les deux!»

Moi, je me fichais de la cellulite, même si je trouvais ses cuisses un peu grosses; ce qui me préoccupait, c'était Paris, l'autre vie. J'aurais préféré porter des souliers à bouts vernis plutôt que des palmes, frémir devant un scorpion, ne savoir ni ramer, ni attraper les crustacés et avoir peur comme une fille de la ville!

— Je ne veux pas être indiscrète...

À coup sûr, une phrase qui commence ainsi est indiscrète.

— Est-ce que tu vas pardonner à Bobby?

Et, comme j'hésitais, elle me dit: «Ne quitte jamais un homme sans une explication.»

10

Bobby m'attendait en haut de l'escalier au retour de notre promenade en mer.

Quand Fifi l'a vu, elle m'a lancé un regard complice. Elle n'était pas partiale. Selon ma décision, elle était prête à l'aimer ou le diaboliser.

«Un homme», disait-elle en parlant de lui. Je ne voyais pas l'homme en lui comme je ne voyais pas la femme en moi. À peine sortis de l'enfance, nous méritions un stade transitoire; les mots *fille* et *garçon*, moins sérieux et moins définitifs, me semblaient plus adaptés.

Il est là au-dessus de moi, les bras croisés en haut des marches grises, parce que les briques ont été recouvertes de ciment. Fifi m'a dépassée pour disparaître plus vite et me laisser seule avec lui; à peine l'a-t-elle salué. Elle attend ma décision pour savoir quoi faire.

Il me tend une main pour m'aider à monter, à moins que ce ne soit pour me débarrasser de l'épuisette et des serviettes mouillées.

Le sel colle à ma peau. J'ai envie d'une douche d'eau douce, comme toujours après un bain de mer.

Bobby n'est pas seul, j'entends du bruit derrière lui ; mieux, une mélodie. Ella Fitzgerald, je crois, mais je n'en suis pas encore sûre. Le bruit des vagues couvre la voix.

La mise en scène est étudiée. Il a l'air d'un géant et la maison toute petite, comme sur une affiche de film.

Quand j'arrive au sommet, il m'attrape par l'épaule. La pensée de Luisa, la correspondante anglaise, traverse mon esprit, mais je parviens à m'en débarrasser ; je suis fière de cette petite victoire sur moi.

La voix dit : « *One day he'll come alone, the man I love.* » Ce qui va se passer n'aurait peut-être pas eu lieu sans cette voix. J'ai baissé les paupières et je me suis laissée aller. Ses bras se sont refermés sur moi comme un piège, enfin, je crois.

La voix disait :

Some day he'll come alone, the man I love,
And he'll be big and strong, the man I love.

La réconciliation se passe avec la musique et sans explications... Sa barbe naissante me brûle les joues, enflammées par le sel. Ses mains enserrent ma taille, il se rapproche de mon corps avec une assurance nouvelle qui n'a rien à voir avec le baiser hésitant et volé dans le box de mon cheval...

Il ferme les yeux. Quand il les ouvre à nouveau, je peux lire de l'affolement dans son regard. Il pense comme moi : « Après le baccalauréat dans un mois, que se passera-t-il ? Peut-être que nous ne nous verrons plus et qu'est-ce qui restera de notre rencontre sinon une photo jaunie par les années ? »

Sa mère lui avait dit qu'il était probable que « sa femme n'était pas encore née, ou à peine », puisque elle-même avait quinze ans de moins que son mari. J'avais trois mois de plus que Bobby, ce qui me condamnait à ses yeux.

Sa mère ne le laisserait jamais épouser « une vieille ». À cause de ces trois mois de plus, notre histoire était fichue avant d'avoir commencé, question de calendrier. Nous n'y étions pour rien, nous n'avions pas tiré les bons chiffres.

De mon côté, on racontait les choses de façon différente, on disait plutôt : « On n'épouse jamais son amour de jeunesse. » Ou variante : « Tu en connaîtras d'autres forcément, c'est la vie. »

Cela donnait un curieux mélange.

Papa ne disait plus rien.

Sofia ne voulait pas que je parte.

Pour Fifi, il n'y avait pas d'issue sans Paris.

Bobby était inquiet.

Maman, elle, l'était dans tous les cas de figure.

La liberté, c'est de ne pas avoir besoin des autres, de ne solliciter aucun conseil. D'être son père, sa mère, sa meilleure amie, sa cousine et son fiancé à la fois. De décider seul. J'avais trouvé mon point faible. Cela ne me rendait pas plus forte. Partir, de toutes les hypothèses, était la seule qui s'imposait. Tourner autour de cette évidence ne faisait que retarder la décision sans vraiment la remettre en cause.

Je devais quitter maman, ma maison, Sofia qui avait peur de l'avenir, Bobby qui aimait trop le surf et les vagues à marée haute et notre amour qui, de toute façon, était condamné à cause de notre jeunesse et de sa mère. On ne se marie pas avec une fille qu'on a rencontrée à quatorze ans dans une ville qui aura été gommée de la carte. Fédala… Quand je serai à Paris, et que je dirai : « Je viens de Fédala », à coup sûr on me fera répéter : « Fé quoi ? Féda ? » Au pays des snobs, on ne connaît pas Fédala. *Niet*, rien, *walou*, comme on dit chez nous.

En attendant, Bobby et moi, on tâche d'oublier : on danse. Il a péché avec la danse, il répare avec la danse… On oublie le bac, l'après-bac, on oublie sur quelques notes de piano l'échéance qui approche, on profite l'un de l'autre, on a perdu du temps, on le regrette, on danse sur un air volé aux parents. Je pleure un peu, je me déteste, je suis comme ma mère et ma cousine, je pleure quand je suis heureuse. Je hais l'ambition, rien de plus bête au fond que l'ambition. Je suis une idiote, j'ai dix-sept ans, trois mois de plus que lui, il est beau comme James Dean, il est fort à l'extérieur et fragile à l'intérieur. La voix de Fitzgerald retentit, Bobby m'étreint comme un homme qui risque de perdre celle qu'il aime. La vie, les éléments, l'avenir sont contre nous. Avons-nous une chance sur cent de nous marier ? Nous sommes de Fédala, nous sommes nés dans une ville sans université, nous devons partir.

Il est huit heures du soir, le vent est encore chaud. Là où je vais, le vent ne sera plus jamais chaud et Bobby ne sera pas là. On danse, la lune nous éclaire et parce qu'elle est ronde et qu'on la regarde, on ne dormira pas de la nuit.

Il a demandé : « Tu vas partir ? » Je n'ai pas répondu parce que je voulais oublier qu'une heure auparavant, sur notre embarcation de fortune, j'avais promis à Fifi, à peine le bac en poche, de la rejoindre à Paris.

DEUXIÈME PARTIE
Paris

1

Cent quatre marches, m'a-t-on dit.
L'escalier est droit. Pas sinueux comme les escaliers d'immeuble. Non, il s'agit d'un escalier vaste, d'un seul bloc, comme ceux des pyramides ou du festival de Cannes vus à la télé; si bien que du bas, on peut observer le haut et du haut le bas, ce qui le rend encore plus intimidant.
J'étais en bas. On m'attendait en haut.
Il fallait monter.
Cent quatre marches, avec des talons.
Le pied à peine posé sur la première dalle, j'ai pensé à maman demeurée seule dans notre maison de Fédala avec Aïda, puis j'ai pensé à ma tenue. Je pensais trop. C'était papa qui le disait, mais je ne pouvais pas m'en empêcher. Étais-je «comme il faut»? Jamais auparavant ce genre de préoccupation ne me traversait l'esprit. La référence aux convenances était entrée dans ma vie: «Comme il faut.» Fifi avait prononcé ces mots nouveaux quand elle m'avait vue prête à partir et je sentais

bien qu'ils lui coûtaient. Pour y parvenir, j'avais investi dans un ensemble de couturier. Le premier de ma vie. Quatre mille francs, une fortune. À Fédala, on achète un champ pour ce prix-là. Toutes mes économies et la générosité de Fifi pour compléter ce qui manquait.

Seconde marche.

Je tire sur ma blouse. Une blouse à jabot de dentelle en voile beige. En bas, un jupon en satin noir. J'ai l'air déguisée, un page en haut, une danseuse en bas… Mais cela me convient de ne pas être moi, ni en haut ni en bas.

En tant que Maria-Lila de Fédala, je n'y parviendrais pas.

Mes souliers sont vernis, nœud en gros-grain, sur le devant, superbes. Rien à voir avec les chaussures roses que Fifi m'avait offertes quelques années auparavant.

Étais-je trop excentrique ? N'avais-je pas su éviter les pièges de la mode ? Peut-être. Il me semblait que plus je m'éloignerais de moi et plus je serais à l'aise.

Comment me suis-je retrouvée dans ce château ? Un ami nouveau, comme tout ici, rencontré à la faculté, m'a invitée à déjeuner à la campagne. Il s'appelle Edmond. Le nom de famille est assez long et précédé d'une particule, signe de noblesse, m'a-t-on dit. Mais je ne l'ai pas retenu, encore qu'ici tout le monde semble le connaître. Nous avions été, Edmond et moi, désignés de façon arbitraire par un jeune assistant à la faculté de droit pour un exposé sur un sujet soporifique et cela avait suffi à nouer des liens. Je ne connaissais pas la campagne parisienne, même si j'étais sûre que la route ne serait pas pavée de poteaux électriques détruits et d'ânes <u>faméliques</u>.

À l'extrémité de chaque marche, il y a des sculptures en bois peint, représentant des hommes en culotte de zouave, turban sur la tête; ils portent une lumière, cela s'appelle des «porte-torchères» ou des «Vénitiens», ils sont du dix-huitième siècle. C'est Edmond qui me souffle tout ça à l'oreille.

Je monte.

J'arrive de Fédala, je monte forcément.

Mon ami porte une cravate et un costume. Il marche à mes côtés, légèrement en retrait comme s'il voulait m'offrir au juge qui nous attend en haut de l'escalier.

«Ma mère!» dit-il sur le ton d'un huissier dès qu'elle fut assez proche pour l'apercevoir. «Elle va te regarder; plus que ça, elle va t'examiner, <u>n'aie pas peur</u>. Surtout n'aie pas peur ou elle va le sentir.» On m'avait dit la même chose si, par malheur, un jour je me trouvais en face d'un <u>squale</u>: «Ne montre pas que tu as peur.» Facile. «Elle est curieuse, mais être curieux d'autrui est une marque d'intérêt, non? En plus, tu peux lui plaire.»

Il avait l'air de vouloir s'en persuader.

Pourquoi m'avouer de telles choses? Pourquoi m'inviter dans un endroit en sachant que cela me sera difficile ? De toute façon, j'ai l'habitude depuis que j'ai débarqué à Paris, mis à part les soirées télé chez Fifi, tout est difficile. Je ne me sens à ma place nulle part, parce qu'ici je ne connais rien de leur passé, de leurs références, de leurs blagues, de leurs bandes d'amis. Rien. Pourtant, je parle leur langue et c'est sans doute le pire.

Moi, ma bande, c'était Sofia, Bobby, Pat Férandis, mais aucun ne m'a suivie.

Sa mère est assise sur une banquette capitonnée, bordée de franges et de passementerie, le jupon de sa robe est disposé en éventail, comme la poupée niçoise que Fifi m'avait rapportée d'un voyage sur la Côte d'Azur, alors qu'elle n'a plus l'âge d'en être une. À moins que je sois chez une reine. Une reine de quoi ? Elle ne ressemble pas à l'idée que je me suis faite d'une mère. Les mères qui m'entouraient n'étaient pas bien coiffées, sentaient souvent l'ail ou l'estragon à l'heure des repas. Pas celle-là. Celle-là ne ressemble pas à une mère qui cuisine et qui embrasse.

Les lumières sont douces et tamisées, elles rendent l'atmosphère irréelle et ouatée. Tout est filtré. Le soleil par des rideaux en soie très fine. Les ampoules par des abat-jour plissés. La lumière est débarrassée de son agressivité. Rien n'est laissé au hasard, et surtout pas la nature.

Son regard est posé sur moi. Elle ne me lâche pas, comme si elle attendait que quelque chose d'inéluctable se produise : que je tombe ?

À vue d'œil, encore une trentaine de marches.

Le regard de l'examinateur m'avait semblé moins scrutateur que celui de cette femme.

Je regarde Edmond, mais il se fige à mesure que nous nous approchons. Même la mère de Bobby, qui n'était pas commode et qui me considérait trop vieille pour son fils, ne m'aurait pas fait subir une telle épreuve.

Je lui murmure : « Pourquoi m'as-tu amenée là ? »

Il me regarde, un peu désolé. Il hausse à peine les épaules, il n'a pas l'air plus à l'aise que moi. Comment peut-on ne pas être en confiance chez ses parents ? Peut-être que l'amour est l'affaire des pauvres, que les riches ont tellement d'autres choses qu'ils n'ont pas besoin d'aimer ? Dans ce cas, les pauvres ne sont-ils pas plus heureux ? Toutes ces questions sont trop compliquées pour le moment. Je ne sais plus où j'en suis. Je sais juste qu'il faut mettre un pied devant l'autre sans se retourner pour ne pas tomber. J'aurais dû écouter mon professeur de maths de Fédala quand il nous prévenait contre le monde des « citadins ». Ses mises en garde trahissaient notre infériorité, notre incapacité à nous élever et m'ont finalement précipitée vers le défi que je me lance aujourd'hui. Et mon père, comme s'il avait pressenti à quels dangers je pourrais m'exposer, m'avait murmuré alors que nous nous promenions sur la plage : « N'oublie pas d'être heureuse. » Ces mots me revenaient en mémoire tandis que je me balançais en équilibre précaire sur une marche d'escalier, dans ce lieu où je n'avais pas de raison d'être. J'ai oublié, pourquoi ai-je oublié d'être heureuse ?

Beaucoup d'or autour de moi, beaucoup de décors. J'avance vers l'or, vers les décors. Rien n'est simple ni dépouillé ici, rien ne ressemble à ce que j'ai connu. À mesure que je monte, je réalise qu'il n'y a pas un centimètre carré de mur qui ne soit peint, poché, brodé, couvert de tableaux, de vaisselle en vermeil, de plats émaillés. J'aime la Renaissance, j'ai visité le département qui lui est consacré au Louvre. Maintenant, je sais reconnaître ses objets : les aiguières, les ceintures d'archers, les vases en cristal de roche, les objets couverts de pierres dures. Ces gens-là habitent un musée, pas une maison normale. Je ne savais pas que l'on pouvait vivre dans un musée.

Tout est beau ici et, pourtant, j'ai envie de partir en courant, quitte à être ridicule à tout jamais.

La comtesse se trouve en haut de l'escalier, pour mieux jauger ses invités. Une sorte de poste d'observation. Son fils me regarde, accablé, dévalorisé par l'omniprésence de sa mère. À la faculté, pourtant, il bénéficiait d'une certaine assurance, d'une aura même, due à je ne sais quoi qui le rendait différent : une Austin, un jean dernier cri… des choses matérielles. En cela, il ressemblait à Bobby qui se distinguait avec sa planche de surf. Comme si tout seuls, ils n'y parviendraient pas.

Dans l'éclairage irréel, Edmond est plus beau qu'à l'accoutumée. Mille bougies brillent sur un lustre, au-dessus de nos têtes.

Voilà le secret, les bougies.

Il fallait lui plaire. Plaire pour gagner je ne sais quoi.

Fifi ne lui aurait pas plu.

Et moi ?

Mon étoile peinte au henné entre mes sourcils, mon bracelet à la cheville me seront fatals, à moins qu'ils me sauvent.

Plus que cinq marches.

Elle fronce les sourcils. Elle ne va même pas parler, juste pointer un doigt en direction de la porte. Ce n'est pas mardi gras ? Non, je ne savais pas. Très bien, je redescends.

De la quatrième marche, je peux apercevoir ses mains : deux mains crochues qui attrapent des lunettes, les balancent en avant et les verres ainsi basculés m'examinent de la pointe de mes souliers à la racine de mes cheveux.

Plus que trois marches.

Mon Dieu ! Pourquoi a-t-elle des mains si bizarres ? Une maladie ? Une malformation ?

Edmond me fait signe de m'arrêter.

Je m'arrête. Je ne me retourne pas. De toute façon, j'ai le vertige, si je me retourne, je tombe à la renverse.

Je regarde droit devant moi, la vision de la comtesse tordant ses lunettes pour mieux me voir n'est pas plus réconfortante. Elle a l'air du Loup déguisé en Grand-Mère, moi du Petit Chaperon rouge.

J'ai hâte de poser mes pieds sur une surface moins exiguë que celle-ci, parce que si l'escalier est ample, les marches n'ont pas plus de vingt centimètres de large.

Encore un moyen de déstabiliser l'adversaire ?

Edmond me fait signe d'avancer, plus que deux marches, puis de m'arrêter là, comme au contrôle des passeports. Stop. Ce n'est pas dit, pas écrit sur le sol, mais sur son visage. Stop ! D'ailleurs, elle ne donne pas envie d'avancer plus loin.

Silence : on examine…

De haut en bas.

De bas en haut.

C'est moi qu'elle regarde.

Moi, rien ou presque. Une jeune fille venue d'ailleurs, tremblante, en équilibre sur une marche, mal assurée dans ses souliers à talons trop hauts.

« Tu as les yeux plus gros que le ventre », disait maman dès que je rentrais dans une pâtisserie. Je suis dans une pâtisserie, trop de gâteaux autour de moi. Je suis punie.

Ma place est ailleurs. Ils me l'ont suffisamment répété avec leurs phrases assassines. Le « petit chez-soi, mieux qu'un grand chez les autres » faisait partie de la collection.

Tous s'étaient ligués avec leurs mots pour me déconseiller l'aventure, tous voulaient que je reste. Je vais chavirer, la partie à jouer est au-dessus de mes forces. Ils avaient raison. Ils ont gagné.

Le désir absurde de vouloir être différent de ce que l'on est demeure un des moyens les plus sûrs de se rendre malheureux. Je suis masochiste.

Je n'ai pas choisi le masochisme. Il m'est venu tout seul.

Soudain une voix s'abat sur moi. La voix ne dit pas «bonjour», la voix est bien au-dessus des conventions. Elle trouve quelque chose de mieux, de plus original, de plus fort, elle dit : «C'est une robe d'Yves?»

Je ne sais pas si j'ai bien entendu. Je regarde la dame, interrogative, et, dans le silence, j'entends à nouveau la question : «C'est une robe d'Yves?»

Drôle de question. Il fallait y penser. Outre le fait que je ne comprends pas, que je ne sais pas qui est Yves, je suis incapable de commencer une relation sans un banal «bonjour»; bêtement, comme on m'a appris. Dans la circonstance actuelle, si je la saluais, ce serait une façon de lui faire remarquer sa mauvaise éducation et cela serait mal pris. Je ne peux donc pas répondre «bonjour» à quelqu'un qui me demande si «c'est une robe d'Yves».

«Hors sujet», aurait dit M. Vigouroux, professeur de français au lycée de Fédala.

Mais je ne peux pas m'empêcher de saluer, pardon, c'est un réflexe. Alors, entre mes lèvres, je dis tout doucement : «Bonjour, madame.»

Elle n'entend pas ou elle s'en fout, ce qui revient au même.

Elle répète : «C'est une robe d'Yves?»

Yves, qui est cet Yves? Et qu'est-ce que cela peut bien lui faire de qui est ma robe? Une question de prix? Si elle vient d'Yves, elle vaut cher et je deviens plus intéressante que si elle venait de chez Pierre ou Paul?

Elle soutient mon regard, l'interrogation est d'importance, pas question de me dérober ou je ne passerai pas la frontière. Je m'affole, mes yeux se dérobent vers la droite, tombent sur Elizabeth Taylor dans un cadre en argent, debout dans ce même escalier, alors mon regard file vers la gauche et là, pire encore, la comtesse est en photo en compagnie du président des États-Unis.

Où suis-je?

« Yves, Yves, Yves », en écho dans ma tête... Je me concentre, autant que le jour de l'épreuve de mathématiques au baccalauréat; et, soudain, l'enseigne de la boutique où j'ai acheté mon ensemble me revient en mémoire, des traits noirs délimitaient des carreaux roses et orange et il y avait écrit un nom assez long, Saint Quelque-chose, dont le prénom était bien Yves. Voilà, c'est bien cela, ma robe vient d'Yves!

Alors, aussi victorieuse que si j'avais découvert le théorème de Thalès, je dis : « Oui, elle vient bien de chez Yves, Yves Saint Laurent ! »

Silence pendant lequel elle opine du menton, c'était donc bien ce nom-là. J'aurais eu entre les mains le ticket vainqueur du tiercé que je ne me serais pas sentie plus heureuse. Et dans cette maison que fréquentent le président des États-Unis et Elizabeth Taylor, Yves Saint Laurent pouvait lui aussi débarquer.

J'ai compris à son regard que j'avais gagné !

Fifi et maman seraient fières de moi et M. Vigouroux échec et mat. J'attends des félicitations, mais non, la partie n'est pas finie. Elle continue de me regarder. L'œil est assez cruel, elle me détaille. Je me retourne vers Edmond : « Viens-moi en aide, qu'est-ce qu'elle me veut encore ? », mais il est aussi tétanisé que moi.

Elle dit sans me lâcher du regard :

— De la haute ou de la basse ?

« Au secours ! » Edmond, je ne comprends pas ces mots-là ? « La haute ou la basse » ! Je ne connais pas ces codes. Si elle voulait me persuader qu'elle était en haut, et que j'étais en bas, tout en bas, et pas seulement par nos positions présentes dans l'escalier, ce n'était vraiment pas la peine d'insister. Je suis de Fédala, je suis donc forcément « de la basse », alors je dis, avec ses mots à elle : « De la basse, je suis de la basse », et je trouve un certain plaisir à articuler cette phrase, à répéter ces mots. À me définir ainsi.

Elle a l'air déçu.

Elle regarde son fils accablé.

Et m'invite tout de même à ses côtés. Je me hisse jusqu'à elle, je suis hypnotisée. Je fais ce que l'on me dit en espérant que je ne m'imposerai plus jamais de telles épreuves, en me le jurant, même.

Quitte à repartir, juste après, là-bas au bord de la mer, entre le ciel bleu et la terre rouge, là où les marées rythment les journées, et à ne plus jamais revenir.

Je devais lire Proust, c'était aussi une de mes résolutions, avoir lu la *Recherche* avant vingt ans. Il me reste peu de temps. Les Guermantes ne pouvaient être pires que la comtesse. Je suis à côté d'elle, je sens son parfum fleuri quand elle me chuchote à l'oreille : « Moi, c'est une robe d'Ung, Ung de la haute. »

Ung ? Qui est Ung ? Pour ne pas passer pour une idiote, j'opine de la tête, comme si je comprenais.

Difficile de rester soi-même, ici. Moi, je viens de Fédala, une maison en chaux blanche avec un four à pain au fond du jardin, la mer devant, les champs derrière, et ma robe vient… comment dites-vous ? Ah, oui, de la basse. Et mes accessoires ? Mes accessoires viennent du souk. Du souk où vous n'allez jamais. C'est un endroit où l'on vend des moutons, de l'or rouge mais aussi des chaussures en cuir faites à la main, appelées babouches, des perles de verre, des poules, de la cannelle, de la menthe pour le thé. Un endroit où il y a du bruit, où l'on circule à vélo, à pied, en charrette tirée par un âne, un endroit où beaucoup marchent pieds nus, où les hommes ont des talons à la peau épaisse, craquelée, et les femmes des bébés dans leur dos accrochés avec des chiffons.

Je viens de là, je peux parler avec ces hommes et ces femmes, pas seulement pour marchander, pour m'asseoir et me faire offrir un verre de thé chaud. Malgré les bougies parfumées à chaque coin de table, comment dire que j'ai l'odeur du souk en moi ?

Comment dire que je n'ai jamais vu un escalier de marbre dans une maison ? La dernière fois que j'en ai vu un, c'était à Rome, au Vatican, quand nous étions allés visiter une capitale d'Europe avec l'école.

Un escalier comme au Vatican.

Pour ce faste, pour ces porte-torchères, pour ces cordons le long des murs, pour ces rideaux en velours rouge bordés de passementerie dorée, pour ce pouf sur lequel la comtesse reposait, j'étais obligée comme les chenilles de me métamorphoser, de m'inventer des ailes, de devenir papillon, ou de partir en courant.

Je me suis inventé des ailes… des petites, qui ne volaient pas bien loin, juste assez pour traverser le hall, une pièce monumentale, haute comme un immeuble, aux murs recouverts d'un cuir peint et, sur ce cuir aux reflets vert d'eau et mordorés, des tableaux anciens représentant des notables d'une époque éloignée qui nous regardaient, moi dans ma robe d'Yves, elle dans sa robe d'Ung, moi débarquant de Fédala, elle venant du château de Mandalay.

Snob, ce mot bizarre, ce mot à consonance anglo-saxonne dont me parlait Fifi avec l'accent de là-bas, je commençais à le cerner ce soir de septembre, même si c'était à mon détriment.

2

— Alors, comment c'était ?
Fifi m'attendait derrière la porte. Je l'aurais parié. Son maquillage coulait, le fond de teint foncé semblait avoir fondu et ses cils lourds de rimmel avaient noirci ses paupières inférieures.
— Et ton bridge ?
— J'ai perdu…
— Ce n'est pas grave…
— Si, c'est grave.
Autant qu'un examen raté, qu'une humiliation, la blessure était de cet ordre. Elle disait : « Je joue au *bridge* », et toute sa fierté se nichait dans ce pronom personnel associé à ce mot : *bridge*.
— Mon partenaire prétend que je ferais mieux de rester aux fourneaux.
— On l'invite à dîner et il te suppliera alors de jouer au bridge.
Fifi se mit à rire, malgré son dos voûté, cette façon de « faire l'escargot ».
Papa m'avait appris quand cela allait mal à entrer

dans ma coquille et ainsi, bien recroquevillée sur moi-même, les attaques glissaient sur ma carapace. Elle avait entendu la leçon :

— Ton père disait des choses comme celles-là parce qu'il savait que tu voudrais décrocher la Lune, que tu aurais à te battre, mais il craignait que, même si tu y parvenais, tu lui préfères Mars ou Saturne. Il redoutait que tu traînes cette insatisfaction partout où tu irais et que tu l'appliques à la vie dans tout ce qu'elle a d'impalpable aussi.

— Comme toi ?

Les larmes envahirent les yeux de Fifi, les larmes, cette spécialité familiale ; j'aurais préféré qu'ils vendent des biscuits Merlin comme les Férandis ou des savonnettes Pingouin comme leurs cousins. Nous, nous possédions une fabrique de larmes, Fifi et maman étaient nos vaches à lait, on aurait pu en fabriquer des litres et les vendre aux cœurs secs.

— Alors, tu me racontes ton déjeuner !

J'étais épuisée. Je fermai mes yeux saturés d'avoir vu tant de choses nouvelles en une seule fois. La tête me tournait comme si la vérité n'était plus à Fédala, plus devant le four à pain et la balançoire, mais dans le marbre d'une noblesse un peu fraîche et d'une collection assemblée par un décorateur.

— Tu as quand même passé une bonne journée ?

« Quand même » signifiait que Fifi était déjà passée par là, qu'elle savait que cela ne serait pas évident. Mais ce qui lui échappait, c'est qu'il ne s'agissait pas d'un divertissement. Je n'étais pas venue dans ce lieu imposant pour me détendre mais pour apprendre, l'esprit en alerte, comme on se rend à un examen.

Je n'avais pas eu une seconde de répit. Pas même quand je marchais le long de l'allée aux marronniers. Je devais veiller à tenir mon manteau fermé, éviter de salir mes talons. À table, quand je mâchais, je pensais que je mâchais et qu'il ne fallait pas faire de bruit. La peur de devenir moi me hantait, comme si moi était un monstre à sabots qui mastiquait bruyamment, qui lapait sa soupe, qui se grattait sous les bras, mangeait avec les doigts, rotait à table, comme c'était autorisé dans mon pays, «*ram dou là*», ils disaient. Pas ici. Et, à cette idée saugrenue, autour d'une nappe en lin brodé, une fourchette en vermeil à la main, assise entre la comtesse et son fils, le rire me prit, un sale rire comme une crampe dans le ventre, un rire que je ne parvins à étouffer qu'au prix d'une douleur qui rayonna jusqu'à ma gorge. Freiner son être tout entier comme un cheval fou, contrôler sa respiration, faire semblant requérait des efforts surhumains. Et je ne parle pas de la honte d'avoir honte d'une partie de soi.

Pas facile d'avouer tout ça, le jour où Fifi avait perdu. Elle avait pris un sacré coup dans l'aile avec cette défaite. Mis à part cet incident, sa vie n'était pas si sombre : elle se trouvait bien dans son appartement turquoise, avec ses cheveux trop blonds,

131

ses tailleurs trop serrés et ses manières de conquérante. Elle aurait voulu être meilleure aux jeux de cartes, mais il ne faut pas se tromper, Fifi était contente de son sort. Elle savait que l'on ne pouvait pas tout avoir, qu'il y avait plus malheureux qu'elle et les nouvelles à la télévision étaient là pour le lui rappeler. Fifi ne s'était pas trompée de train. Elle avançait vers la bonne direction, en espérant remporter un jour le championnat de bridge du quartier.

Elle serait déçue de savoir que celle qu'elle admirait parce qu'elle attrapait des gros crabes poilus entre le pouce et l'index, ramait en cadence, manœuvrait sa planche à voile par tempête, sautait des oxers, que celle-là s'était laissé impressionner par un escalier en marbre et par le langage ridicule d'une vieille comtesse…

Fifi aimait collectionner les canards en bois peint et les cartes à jouer Cartier ou Hermès. Elle allait prendre des cours de bridge et tout irait pour le mieux.

— Tu ne m'as rien dit. Elle est comment, la comtesse ? Et le château ? Et Edmond, il est amoureux de toi ?

À la question sur Edmond, je ne répondis pas. Je lui racontai combien la comtesse, amateur de choses rares, avait apprécié mon prénom : « Maria-Lila, ce n'est pas banal ! » Encore que cela fût dit sur un ton de défiance, comme si ce prénom, tel un objet Renaissance, était trop beau pour moi…

Alors, parce qu'elle a des yeux qui font parler, je lui ai avoué la vérité. Je lui ai dit que je tenais ce prénom de la cousine de maman qui avait bricolé mon nom de baptême. *Bricolé* était mal choisi. Elle répéta le mot, l'air contrarié. Alors, je confessai comment la cousine-fée avait transformé Marie en Maria-Lila. Fifi en rosit d'orgueil, réaffirma ses intentions : « T'offrir un bouquet de fleurs chaque fois que l'on t'appellera... » Magnifique, ma Fifi.

Et elle, la comtesse, après mon explication me considéra avec l'air de quelqu'un qui a deviné que quelque chose cloche, qui a découvert le pot aux roses : je ne pouvais pas posséder un aussi bel objet.

3

Fifi cligne des paupières peintes façon voiture volée.

— Donc elle sait, et elle insista sur le verbe *savoir*, marqua une pause et poursuivit : que c'est moi, Fifi, qui ai inventé ce prénom…

J'acquiesce. Elle se tait, histoire de profiter de ce moment.

Elle est assise sur le petit canapé turquoise, devant la porte d'entrée. Des taches de rousseur ont à nouveau surgi sur les ailes de son nez comme chaque fois que je la laisse seule un peu longtemps.

On est bien toutes les deux. «Ma fille», depuis que je vis avec elle, elle m'appelle ainsi à tout bout de champ : «Ma fille». L'homme qui partageait sa vie est parti avec une voisine. Elle l'a pleuré trois ans. Maintenant qu'elle n'a plus de larmes que pour la joie, elle va mieux. Le réservoir du malheur est épuisé.

Et moi aussi, je suis assise dans le canapé à côté d'elle. J'écoute Fifi, mais j'attends aussi le passage de la concierge, espérant voir, vers dix-sept heures, glissée dessous la porte, une lettre de Fédala. Maman m'avait promis de m'écrire avant mon départ, mais souvent les lettres de maman n'arrivent pas ; non pas qu'elle n'écrive pas, elle écrit, mais elle oublie l'arrondissement ou le numéro de la rue sur l'enveloppe. J'ai besoin d'un signe de là-bas.

Je ne savais pas que, malgré toutes mes résolutions, un pays pouvait manquer autant qu'une personne. Je me surprenais à penser à ses odeurs, à la sensation du sable brûlant sous les pieds, comme si mes yeux avaient besoin de bleu et mon nez de cannelle et de fleurs d'oranger.

Seize heures trente ? Toujours pas de lettre ? « La gardienne passe entre seize heures trente et dix-sept heures, mais elle ne vient pas quand il n'y a pas de courrier. »

J'étais partie depuis soixante jours et j'espérais une lettre, un mot griffonné sur un bout de papier, n'importe quoi. C'est le début qui est difficile dans une séparation. Il faut attendre un peu avant que le nouveau pays livre ses beautés. Les secrets d'une ville se méritent. Si Paris ne m'avait encore rien donné, c'est peut-être que je n'étais pas prête à recevoir. J'étais fermée, repliée sur mes souvenirs. Je craignais qu'en m'ouvrant il y ait plus à perdre qu'à gagner.

— Je vais chercher du thé ? Ici, on boit du thé anglais, tu finiras par t'y faire. Cela te changera du thé à la menthe, tu peux même y prendre goût, tu verras, on s'habitue. Une boisson chaude te déliera la langue. Moi qui t'ai imaginée toute la journée dans un château, habillée en princesse, une cour de garçons autour de toi. D'ailleurs, c'est peut-être pour cela que j'ai mal joué.

Les événements étaient en train de reprendre leur place, comme si j'allais les vivre à retardement. En fait, si je ne parlais pas, c'est que je ne savais pas quoi penser de tout ce qui m'arrivait. À la fac, j'étais dans mon élément, rien n'était très différent de ce que j'avais connu, sauf qu'il y avait un amphithéâtre et pas une classe, que l'on était libre de gérer son temps, que je ne connaissais personne, à part Edmond et une Italienne, avec qui j'avais sympathisé.

Il était trop tôt pour tirer des conclusions. Je ne m'étais pas sentie à ma place en montant l'escalier, j'avais retenu des larmes, pas des larmes légères comme celles de maman et de Fifi devant un panier d'oignons, mais de vraies larmes qui venaient de loin, de là où se niche le désespoir. J'avais besoin de comprendre cette situation, qu'après tout j'avais choisie, pour l'admettre. On peut se tromper, non ? Qui peut affirmer ne s'être jamais trompé ? Et ce qui est mauvais sur le moment peut se révéler plus tard sous un autre éclairage.

Il était urgent de mettre de l'ordre dans ma tête comme dans un placard. D'ailleurs, d'après Fifi, les deux allaient ensemble. Quand le vague à l'âme menaçait, il suffisait d'aligner ses chemises pour clarifier son esprit.

— Avec du sucre ? Tu n'as pas de problèmes de poids…

Si j'aimais ma vie ici ou si je la détestais, c'était une question à laquelle je ne pouvais répondre. J'étais anesthésiée, comme après un choc. J'avais l'impression de me trouver à des kilomètres de moi.

Un autre moi, éloigné, tandis qu'une usurpatrice semblait-il se servait de mon corps pour jouer une partie au-dessus de ses moyens.

Et pour cet exercice de réappropriation, je devais être seule.

Bobby habitait toujours mes pensées plutôt comme un port d'attache que comme un fiancé, mais peut-être était-ce la même chose.

Fifi est revenue avec une assiette remplie de cornes de gazelle que maman avait placées dans nos bagages avant notre départ.

— Goûte, elles sont encore toutes fraîches. Alors, ils ont été gentils avec toi ?

La comtesse avait-elle été gentille ?

Le mot ne convenait pas. D'ailleurs, c'était un mot enfantin, il ne s'agissait plus d'être gentil ou méchant mais d'autre chose.

Était-ce inavouable de dire que j'avais bien aimé la comtesse ? Que malgré ses manières particulières, sa sophistication et sa rudesse, j'avais décelé quelque chose de singulier, d'authentique en elle qui me plaisait ? Cette façon d'écouter qui montrait l'intérêt qu'elle portait aux autres, mais pas seulement… Puis, soudain, je réalisai qu'une personne qui me portait de l'intérêt ne pouvait pas être snob !

Mon sourire n'échappa pas à Fifi.

— Qu'est-ce que tu me caches ?

Cette fois, je ris de bon cœur.

— Je te cache que la snob, c'est moi !

— Qu'est-ce que tu racontes ?

— Ils ne sont pas snobs, malgré leur escalier à faire pâlir d'envie tous les papes d'Italie, malgré « la robe d'Ung, de la haute », la nappe jusqu'au sol, le menu écrit en pleins et déliés, les maîtres d'hôtel et les décorations florales : ils sont au-dessus des considérations sociales et en plus ils m'aiment bien… Les snobs ne peuvent pas nous aimer, c'est toi qui me l'as dit !

— Je parlais de moi, pas de toi… Tu es belle, la beauté est supérieure à tout…

— Pas supérieure au président des États-Unis !

— Ça se discute… Mais qu'est-ce qui te prend de parler du président des États-Unis ?

— Il est dans un cadre parmi des photos de famille. Il y a aussi Elizabeth Taylor. Écoute, tu m'as dit que les snobs étaient très sensibles aux origines… Les tiennes sont pourtant les miennes.

— Il y a des snobs moins bornés que d'autres… Mais ce sera différent pour toi parce que tu possèdes un pouvoir aussi grand que celui du président des États-Unis…

— Tu délires ! Écoute-moi encore : elle m'a invitée à son réveillon de Noël !

— Tu vois…

— J'y vais à condition que tu viennes avec moi.

— Je ne suis pas sûre que ce soit une bonne idée… Ta jeunesse a pu lui plaire… quant à moi… notre rencontre serait idéale pour un film comique, j'imagine ! dit-elle.

Et elle éclata de rire.

Je n'aimais pas quand elle riait d'elle-même parce que je savais que cela lui coûtait et qu'elle pleurait à l'intérieur.

— Il faut connaître ses limites, cela évite des déconvenues. Tout compte fait, elle me plaît bien cette femme, j'aime qui t'aime, c'est une marque de goût que de t'aimer, ma fille…

— Le verbe *aimer* est un peu déplacé… À moins qu'ils ne m'aiment comme un Indien de réserve, comme une curiosité.

— Ton père était quelqu'un de bien, il a fait Sciences-po, c'était un monsieur avec des manières…

Elle faisait des gestes pour dire ça, une sorte de révérence de la main.

Je l'embrassai sur la joue tant elle était charmante et influençable. Adoptant leurs critères en un clin d'œil, exposant mon pedigree comme si l'amour se méritait. Moi, j'admirais mon père parce qu'il savait raconter de belles histoires. La télé n'était pas entrée dans nos mœurs, nous l'allumions peu, ses récits me tenaient lieu de feuilleton, le soir, au bord de mon lit. J'attendais avec impatience la suite du « sanglier rose et détesté pour cette raison-là ».

L'allusion aux études de papa était un signe : Fifi avait besoin de se rassurer. Elle ramassait des miettes pour redorer notre blason. À part lui, peu de membres de notre famille s'étaient distingués par leur goût de l'apparat ou leurs diplômes…

Je poursuivis ma description :

— Leur salon ? On croirait le département Renaissance du Louvre, leurs rideaux sont lourds comme au théâtre, leurs fenêtres ouvrent sur des parcs sans fin, ils sont tous diplômés, banquiers, influents, respectés. Edmond m'a dit qu'il ne voyait jamais sa mère sans son coiffeur à ses côtés, qu'il ne pouvait l'embrasser à cause de la manucure qui lui barrait la route. Comme si l'amour maternel était vulgaire et qu'il fallait s'en défaire.

Fifi m'écoutait. À la béance inhabituelle de sa mâchoire, je compris qu'elle était dépassée, désolée de n'avoir autant à m'offrir. Je haussai les épaules :

— C'est absurde, non, d'aller où je ne suis pas heureuse ?

Était-ce là le début du snobisme ? Cette disharmonie entre l'ambition et le bonheur ? Fallait-il s'en réjouir ? Mon rêve de petite fille naïve sur la plage de Fédala était en train de se réaliser : snob d'un seul coup !

Le bon sens de Fifi pouvait m'aider. Mon récit l'avait anéantie, je lui en avais trop raconté, elle avait perdu cette belle assurance qui me plaisait et qui me fascinait quand j'étais petite. Elle ne dévoilait plus ses points de vue, comme la mère qu'elle aurait aimé être ; mais je les devinais : elle rêvait que j'abandonne Fédala pour Mandalay, Bobby pour les baisemains d'Edmond.

J'ai alors entendu l'ascenseur s'arrêter à notre étage, une grille claquer et, peu de temps après, j'ai vu une enveloppe couleur blue-jean apparaître sous la porte, lentement poussée par la gardienne de l'immeuble.

Mon cœur se mit à battre. J'ai serré la lettre contre moi : c'était Bobby, notre premier baiser, l'impact de ses lèvres sur les miennes, leur rondeur, l'impatience de ses mains et cette peur enfouie me revinrent en mémoire.

— Quand revois-tu Edmond ?

La voix de Fifi résonnait comme pour me rappeler que j'étais partie à la conquête d'un autre monde et qu'il s'agissait de ne pas fléchir pour un bout de papier appartenant au passé. Selon elle, tout ce qui était facile était mauvais et ce n'était pas le moment de céder. Maîtriser ses envies, former son goût, aller contre ses penchants, voilà le message qu'elle m'envoyait pour contrer la lettre de Bobby que je serrais contre ma poitrine. Et moi, grandiloquente, j'en déduisais que l'élévation ne pouvait naître que de la souffrance. Telle que j'étais, je ne pouvais prétendre à rien. Il fallait me frotter aux autres pour attraper un peu de leur grâce, de leur savoir-faire et prendre garde aux attendrissements, sinon je finirais sous un eucalyptus comme maman.

Il fallait, en quelque sorte, déplacer mon centre de gravité de moi vers l'autre. J'étais consciente du déséquilibre que cela engendrerait, des années de réparation qui s'ensuivraient si je n'étais pas assez forte pour résister. L'addition serait lourde.

« Pourquoi es-tu partie ? » La lettre commençait ainsi. Je n'aimais pas cette question à laquelle, au fond, j'évitais de répondre.

C'est alors que la voix de Fifi retentit de la cuisine, entre les bruits de machine à laver et celui du robot à presser les oranges :

— Tu veux qu'on aille au cinéma ce soir ? À moins que tu ne sortes avec Edmond ?

Maintenant qu'Edmond était entré dans la tête de Fifi, qu'elle l'avait associé à l'image idéale du mari, plus aucun autre homme ne trouverait grâce à ses yeux.

Bobby disait que je devais l'attendre. Il disait que c'est le rôle des femmes de rester. Il était macho comme son père qui délaissait sa mère. Je ne voulais pas attendre les hommes, aucun, surtout pas le premier. Surtout arrêter la malédiction. Fifi avait longtemps espéré Roger, parti avec sa voisine de palier, et il n'était pas revenu.

C'était peut-être ça, la réponse à sa question.

Mais cela ne servait à rien de lui dire.

Ses mots m'affaiblissaient.

Je devais résister aux larmes faciles, au plaisir sournois de la mélancolie, à la volupté des retours, à l'émotion d'être aimée. À la facilité.

Mieux valait se tromper. Trop d'exemples autour de moi, trop de soirées alanguies où maman jouait à la vie rêvée sans avoir rien vécu… Fifi avait raison.

Je pliai lentement la lettre, malgré les dernières lignes : « Dépêche-toi de revenir, je t'attends… »

Au dos, il avait inscrit son adresse pour que je lui réponde, comme si je ne la connaissais pas.

J'ai glissé l'enveloppe dans ma poche, sans me libérer de la question pour autant. « Pourquoi es-tu partie ? » continuait à résonner en moi comme un reproche. Ici, à la faculté, je savais qu'elle me poursuivrait. Je ne dirais pas à Bobby que le château de Mandalay date du dix-septième siècle, qu'il est entouré de douves plus anciennes, pas d'oueds, qu'il y a des cygnes blancs tout autour, pas de chiens errants. Je ne sais pas, au fond, si je ne préfère pas les oueds et les chiens errants, mais ça, je le garderai pour moi.

J'avais l'impression d'être un morceau de tissu que l'on tire d'un côté et de l'autre et qui finit par céder. J'étais déchirée. D'une part, on m'assimilait à une sorte d'Indienne, de l'autre à une Parisienne, une femme du monde, d'un autre monde en fait. Une usurpatrice. C'est Mme Férandis qui, la première, avait employé l'expression : « une Parisienne ! » avec suffisamment de dédain dans l'intonation pour que maman comprenne qu'il ne s'agissait pas d'un compliment mais d'une moquerie.

144

Maman, la voix troublée par l'émotion, m'avait raconté la scène. Elle n'aimait pas que l'on ne m'aime pas. Même si je ne portais pas une estime particulière à Mme Férandis, être le sujet d'une moquerie me blessa. Je n'avais pas l'habitude de susciter à ce point de l'intérêt. Mme Férandis attaquait maman à cause de moi. Parce que je m'étais singularisée. Il ne faut pas croire que l'on change de clan aussi aisément. Tous dans la même galère, voulait-elle dire, je devais subir le même sort qu'eux et ma liberté ne devait pas ternir leur prison ensoleillée.

Dieu m'avait domiciliée à Fédala. Je devais y rester. Peu de gens admettent les changements. Cela crée du désordre dans le paysage. Surtout lorsque eux-mêmes n'ont pas osé. Mes racines dépassaient comme une combinaison trop longue sous une jolie robe. Quelque geste que je fasse, le jupon resurgissait. Dorée des pieds à la tête, avec ma peau qui, à force de soleil, avait gardé ses reflets, été comme hiver, avec l'étoile qu'Aïda avait dessinée au henné entre mes sourcils pour me porter chance quand je serais loin, il était clair que je n'étais pas le pur produit français d'origine, XVIᵉ arrondissement garantie.

Maman ne m'épargnait pas. Elle n'était pas capable de garder pour elle les médisances. C'était son défaut. Elle m'avait soufflé les mots mauvais pour s'en débarrasser, comme une enfant démunie. Elle avait répété au moins dix fois la phrase de

Mme Férandis, avec intonations et sous-entendus, pour se libérer de cette insulte. Elle pensait que j'étais plus forte qu'elle et que moi, je saurais quoi faire avec ces mots-là.

— Ce soir, on reste ?

Fifi passa affectueusement sa main sur mon front, comme on fait aux enfants pour vérifier s'ils ont de la fièvre. Non, pas de fièvre, physiquement ça allait. Je me levai du canapé au creux duquel nous étions toutes les deux installées, moi et ma lettre, elle et son plateau et ses cornes de gazelle, et nous nous sommes dirigées vers nos chambres respectives.

— Vingt heures dans la cuisine ? J'ai acheté une quiche.

Ma chambre se trouvait entre la cuisine et les toilettes des invités, au fond d'un couloir long et étroit, bordé de placards à provisions. Pour passer sans les frôler, il fallait marcher de profil. Pas de soleil. Dès le matin, il fallait allumer. La fenêtre donnait sur une cour si étroite qu'avec un bras à peine plus long, j'aurais pu toucher le mur d'en face. Pas d'arbres, pas de gazon. Mes yeux avaient besoin du bleu de la mer, ou de la couleur de la terre. Ma vie, dorénavant, se déroulait en noir et blanc.

Les immeubles sont gris avec quelques reflets noirs. Les murs de New York devaient leur ressembler. Les photos d'artiste exposées dans le hall de la faculté renvoyaient aux mêmes tons. Un bruit diffus de voitures berçait mes nuits. Brouhaha que je finissais par trouver réconfortant, le monde était en bas du balcon, grouillant de gens qui se dépêchaient et qui savaient où aller. Chez l'épicier pour acheter le dîner du soir, au pressing, chez le cordonnier, à la pharmacie, une vie de quartier bien organisée.

Il y avait aussi une boutique de « troc et d'échange » inimaginable chez nous, comme l'était le chenil qui exposait des chiens à vendre... Je ne pouvais m'empêcher à chaque fois que je passais d'y pénétrer, juste pour en caresser un ou deux en pensant à mon Plouc.

Je tenais grâce à ma mère, malgré ses mots maladroits.

J'attendais le soir. Trois fois par semaine, vers dix-huit heures, elle appelait. Elle m'insufflait un peu de l'air de Fédala, un peu de brise marine le soir au coucher du soleil, un peu d'embruns, de *spray* rayon vert, un peu des coquillages arrachés aux rochers en face et qui se rétractent sous un zeste de citron, un peu de l'odeur de mon cheval, un peu de la douceur de son museau, un peu du souvenir de mon père, de son regard plongé dans le mien qui me disait : « Tu as les yeux couleur huître. »

Je résistais. Je résistais au nom de je ne sais quoi qui me forçait à croire en moi.

Je m'imposais cette vie difficile ; pas en elle-même, mais difficile parce qu'elle n'était pas la mienne.

« Approche-toi de tes rêves », j'avais écrit ces mots sur les parois de ma chambre d'enfant un soir de tristesse où les murs de Fédala se refermaient sur moi.

Ici, à Paris, je restais fidèle aux engagements de mon enfance, même s'il m'arrivait de penser que j'avais rêvé au-dessus de mes moyens. Personne ne sait si son rêve dépasse ses capacités. En attendant, je travaillais. À la faculté où je me rendais chaque jour, à la maison pour les devoirs et chez un commissaire-priseur pour l'argent de poche. Là, je déplaçais des objets, je touchais des bronzes, des céramiques, des porcelaines et j'y trouvais un plaisir très grand, comme si l'énergie qui les avait créés passait en moi avec une délicieuse sensation.

Je n'avais pas encore d'amis, à part Edmond. Mais Edmond était un de ces amis en face desquels on ne peut montrer que le meilleur de soi, ce qui était fatigant à la longue, comme le serait une existence passée sur une scène de théâtre.

À peine la porte de ma chambre fermée, j'ai rangé la lettre de Bobby dans la boîte en coquillages rapportée de Fédala. J'étais bizarre, pas vraiment triste, mais concentrée comme on l'est lorsqu'on s'apprête à affronter des choses difficiles.

Nous naissons tous avec une étiquette collée sur notre front, gare à celui qui veut l'arracher. Comme la scarlatine, on ne gratte pas les boutons sous peine de les infecter. Dans la chambre où mon ambition m'avait jetée, quatorze mètres carrés loin de Fédala, des crabes, des chiens et des coquillages, je me disais que j'avais trop gratté mes plaies : à tous les coups, j'étais infectée.

Au fond du couloir retentit la voix de Fifi : « J'ai réchauffé la quiche et j'ai râpé des carottes, à table ! »

4

À vingt heures trente, le téléphone a sonné.

Fifi et moi étions assises autour de la table orange de la cuisine.

Elle s'est levée pour répondre, ondulant entre les chaises, sa robe de chambre molletonnée enveloppait ses hanches de telle sorte qu'elles semblaient encore plus larges.

À peine le combiné décroché, son visage s'est empourpré.

Tant et si bien que j'ai pensé à maman, à un accident ; mais Fifi souriait tout en acquiesçant de la tête, avant même qu'un seul mot ne sorte d'entre ses lèvres.

— À qui tu parles ?

Un doigt collé contre la bouche, elle m'a fait signe de me taire. Je me suis tue et j'ai entendu :

— Elle est dans son bain...

Et encore :

— Oui, elle sera ravie... Au revoir...

— Alors ? dis-je en rajoutant un peu de chantilly sur ma pêche melba.

Facile à faire, cette glace, il suffit d'ajouter des pêches cuites et de napper. Voilà que je décrypte les recettes comme maman. C'est maman qui, dès que l'on pose un plat devant elle, tente d'en déchiffrer tous les composants. Elle peut dire les yeux mi-clos : « Vinaigre de riz, huile de soja » et capter ainsi l'attention de toute une tablée. Et de conclure : « Je peux le refaire », avec le sérieux d'un mathématicien pour une équation.

— De qui parlais-tu ? Qui est dans son bain ?
— Toi.
— Comment ça ? Qui sort pour dîner ?
— Toi.
— Tu plaisantes ? J'ai fini mon dessert, l'eau siffle dans la bouilloire électrique pour ma tisane, et tu crois que je vais sortir dîner ? Et depuis quand tu rougis en parlant au téléphone ?
— C'était Edmond…

Et après un temps de réflexion, elle a ajouté :

— Je ne te l'ai pas passé parce que je savais que tu allais refuser…

La situation était plus grave que je ne l'avais imaginé. L'héroïne de mon enfance était en fait une femme fragile, influençable, impressionnable et qui était capable pour de mauvaises raisons d'entrevoir un amour.

En fait, j'étais plus triste pour moi que pour elle, même si ce n'était pas bien dans un tel cas d'être triste pour soi ; ce qui me dérangeait ce n'était pas qu'elle soit Fifi, avec le folklore qui l'accompagnait, mais de m'être trompée, d'avoir été une enfant naïve et sans jugement.

Mais aussi, et de façon encore plus inavouable, je savais que la conscience de la faiblesse des parents sonne la fin de l'enfance. Sofia s'était occupée de sa grand-mère à la mort du grand-père, les adultes ont leurs limites, un tel égarement me le rappelait et j'envisageais le jour où Fifi, atteinte de démence précoce, redeviendrait un petit enfant dont je devrais à mon tour m'occuper.

Elle persista :

— On ne peut pas refuser une invitation à la Tour d'Argent !

J'avais fini mon bol de chantilly et elle s'en fichait ; elle était prête à me gaver, à me faire ingurgiter des terrines de foie gras, des œufs à la neige, à me rendre malade pour ce qu'elle imaginait une bonne cause.

Je prenais ainsi la mesure de l'infériorité dans laquelle elle se situait et, forcément, cela m'atteignait puisque l'on était de la même famille. Le mépris qu'elle avait d'elle-même devenait le mien. Je voulais l'en débarrasser pour m'en débarrasser, tandis que le désarroi me poussait à mûrir et éveillait en moi le désir de la protéger.

Mon père ne ratait jamais une occasion, quand il en dénichait une, de m'éclairer sur nos absurdités. Par exemple, quand il arrosait notre gazon, il ne pouvait jamais défaire son regard de celui du voisin qui était plus vert, comme dit le proverbe, et il en riait : « Tu devras lutter contre ce sentiment toute ta vie, ne te compare pas, chacun de nous est unique et différent. »

Fifi l'amusait. Il disait que c'était un personnage comique et émouvant à la fois. Mais il n'aurait pas aimé son attitude ce soir, même s'il n'aurait pas ressenti sa détresse avec la même acuité que moi.

Il n'était plus là. Ses petites phrases d'autrefois ne s'adaptaient pas à la situation présente. Elles étaient approximatives, forcément. Fifi, parce qu'elle se dévalorisait, n'était pas crédible, parce que l'on ne mendie pas que de l'argent, on peut aussi mendier des attentions, de la respectabilité, de l'amour. Et c'est peut-être pire.

Elle était facile à comprendre : elle voulait que je réussisse là où elle avait échoué. Pour y parvenir, je devais ouvrir les portes qu'on lui avait fermées. Mais il fallait aussi que je la réconforte, que je lui donne la force et la maturité que je n'avais pas encore. Comme ma mère, Fifi m'obligeait à grandir. Les parents immatures volent l'insouciance des enfants.

— Je vais te prêter ma plus belle robe ! dit-elle, à mille lieues de mes pensées.

— Fifi, j'ai déjà dîné…, dis-je. Et pour l'attendrir : J'ai froid, je n'ai pas envie de sortir, le vent du soir m'agresse comme un ennemi. Je n'arrive pas à m'habituer à cet air glacé qui s'engouffre sous mon manteau et qui refroidit tout mon corps.

À l'éclair dans ses yeux, je compris qu'elle avait trouvé une solution contre le froid, elle allait me proposer l'affreux vison blanc, long jusqu'au sol, qu'un ancien amant lui avait offert. Vieille relique d'un autre temps qui sentait la naphtaline et dont j'avais entendu parler depuis mon plus jeune âge.

Cela ne manqua pas :

— Je peux te prêter le manteau en vison…

Je l'interrompis d'un signe négatif de la tête :

— Je ne porte pas la peau des animaux… tu sais.

Oui, je sais, ce n'est pas facile d'obliger quelqu'un qui ne veut pas sortir à sortir. C'était pareil avec maman, mais pour d'autres raisons.

Alors Fifi abandonna la piste du vison pour les « bigoudis chauffants » : « Tu as les cheveux plats. Tu vas voir, c'est magique. »

Mais je n'aime ni les visons, ni les bigoudis chauffants qui accrochent les cheveux. D'ailleurs, le mot *bigoudis* était forcément destiné à désigner quelque chose de ridicule.

Fifi avait raté sa vie sentimentale peut-être à cause de cette disponibilité. C'est affreux, une femme disponible. Une femme qui attend, prête à sauter sur la moindre occasion. « Quand on est amoureux, on ne fait pas de stratégie ! » Je ne suis pas amoureuse…

Fifi me regarde, désolée.

— Il est si poli : « Bonsoir, madame, excusez-moi de vous déranger », dit-elle en imitant Edmond.

Une belle voix d'homme ! Je lui ai dit que tu étais dans ton bain, que tu le rappelais et que tu serais sûrement heureuse de sortir avec lui, c'est tout…

De quoi se mêlait-elle ? Comment pouvait-elle se permettre de décider à ma place et sans même me passer le téléphone, alors que j'étais en face d'elle ?

— Je voulais me donner le temps de te convaincre !

Bien sûr, comment n'y avais-je pas pensé ? Elle vivait sa vie par procuration, comme si, en enfilant sa plus belle robe, en enroulant ses bigoudis chauffants autour de mes cheveux, un peu d'elle se rendrait au rendez-vous. « Je marche derrière toi et je ramasse les miettes », m'avait-elle dit un jour alors que des hommes me regardaient dans la rue.

La Fifi de mon enfance, conquérante éclatante à Fédala, se rabougrissait, ici. C'était triste. Le mur contre lequel je croyais m'appuyer s'effondrait. Pas de mur. Juste des mains qui se tendaient pour vérifier ma température. Les femmes de la famille ne savent faire que ça, la santé, la nourriture. Comme ma mère. Pourquoi aurait-elle échappé à la règle ?

Et moi, je retrouvais mon rôle, comme avec maman. Fifi non plus ne résistait pas au bonheur d'être maternée. « Fifi, c'est ta mère à Paris », disait mon père, il y avait de ça.

Parce que je savais que j'allais lui faire de la peine, j'ai pris ma voix la plus douce possible :

— Je vais le rappeler, lui dire que je suis sortie du bain et que j'ai déjà dîné, que tu ne le savais pas, tout simplement.

Fifi, la voix empreinte de désespoir :

— Tu vas refuser une invitation à la Tour... Pourquoi ? Pour rester seule dans ta petite chambre ou pour regarder avec moi un feuilleton qui, de toute façon, repasse le dimanche ? Tu trouves le choix équitable ? D'un côté, tu as la grande vie, de l'autre, tu n'as rien.

Même si je n'existais pas beaucoup, seule dans ma chambre, si ma réticence au froid, à dîner deux fois ne comptait pas, il me semblait que l'on ne pouvait se maltraiter pour une sortie. Il y avait aussi derrière cette fragilité, cet atavisme, quelque chose d'autre, quelque chose qui ressemblait à la peur de rater sans pouvoir l'expliquer.

— Je vais dire non.

Un « non » sonore et distinct, comme si j'avais mieux à faire. Comme si mon avenir était tracé et que mes études de droit me comblaient.

Fifi disait « oui » aux hommes. Non pas comme une aventurière, mais comme une femme qui n'a rien de mieux à la maison. Fifi ne montrait pas l'exemple.

Mais après tout, pourquoi fallait-il être élevé par des exemples ? Et si l'exemple, c'était moi ? C'était moins facile, je l'admets, mais avais-je le choix ? Ainsi je me nommai patron d'une PME dénommée Maria-Lila, j'en étais la comptable, l'interprète, le scénariste, le metteur en scène, l'éclairagiste, le critique, j'étais tout. Comme je n'étais rien, je devenais patron de moi. Il me plaisait bien, finalement, ce grade que je m'accordais. Je m'élevais à un rang de responsabilité, je gérais une vie humaine, j'étais mère, cousine et père de moi-même. J'étais ma famille, je devais donc être indulgente avec moi, «bonne», et ce serait peut-être la partie la plus difficile à jouer.

Mon statut d'adulte commençait avec cette robe que j'allais envoyer à maman pour Noël, ainsi que ces livres sur l'art baroque et l'Art déco. Il était temps d'abandonner les vieilles querelles. De quel droit les enfants revendiqueraient-ils la sécurité, la sérénité de leurs parents? Comme si leur amour ne leur suffisait pas.

Fifi recevrait un manuel de décoration, un ensemble de couleur uni pour allonger sa silhouette.

Fifi était facile avec les hommes parce qu'elle était grosse. Fifi pensait que les femmes grosses avaient moins de valeur que les autres et qu'il fallait donc être moins exigeante quand on avait atteint le 46. Je pense que la plupart de ses erreurs dans la vie venaient de là. Elle n'oubliait jamais ce chiffre. Si elle avait eu l'attitude de la femme qu'elle avait rêvé d'être, le comportement et le tempérament auraient fini par suivre et les hommes aussi.

Au souk où nous allions le dimanche, le marchand de babouches m'avait expliqué qu'il ne vendait pas forcément mieux les babouches les moins chères et que le modèle n'avait rien à voir à l'affaire. Au contraire, il suffisait parfois de monter le prix pour atteindre une clientèle plus huppée qui n'achèterait pas à bas prix.

Depuis qu'elle avait été quittée, Fifi plongeait dans les tablettes de Suchard et aggravait son état. Son manque de volonté devant un bon gâteau avait gâché sa vie. Elle avait choisi le clair-obscur. Maman avait choisi l'effacement. Il est probable qu'elle se sentait supérieure à maman, juste parce qu'elle habitait Paris et qu'elle n'en revenait toujours pas.

Si j'agrandissais ma PME, si je pratiquais aussi le conseil, je dirais à Fifi: « Pas de comportement de victime, rien n'est plus ennuyeux qu'une victime. » Elle me dirait peut-être: « De quoi te mêles-tu et comment peux-tu savoir des choses comme ça du haut de tes dix-huit ans et demi? » Et je lui répondrais qu'il y avait juste des choses que je savais parce que je les sentais.

Je voulais de la lumière et de la splendeur, mais je voulais aussi la vérité.

Je voulais savoir s'il y en avait une ou plusieurs. J'avais l'âme d'un chien, j'errais dans les rues, tenaillée par l'inquiétude des sans-maître, bien obligée de puiser des forces quelque part en moi, peut-être dans les trois ou quatre petites phrases que mon père aimait répéter et qui m'accompagnaient depuis qu'il n'était plus là. Condamnée à agir comme si je croyais en moi, dire « non » comme si j'avais mieux à faire qu'aller dîner à la Tour d'Argent, comme si je n'étais pas de celles qu'on invite au dernier moment, comme si je n'étais pas d'une autre planète. L'attitude à adopter, je la connaissais. Restait la foi.

Et quand j'éteignais ma lumière dans ce lit toujours trop glacé, quel sentiment aurais-je pu éprouver sinon du désarroi ? Comment prétendre que c'était mieux d'être seule dans ma chambre aussi sombre le jour que la nuit que n'importe où ailleurs ? Mon père aurait dû me dessiner sur la plage une grande carte ; pas une carte du monde, mais une carte des jours futurs. Je serais restée là, assise à ses côtés, tandis que sur le sable, à l'aide d'un coquillage, il m'aurait indiqué ma sphère de liberté et le chemin obligé auquel aucun être humain ne peut se dérober. Dans un coin, il aurait débusqué les dangers, les miroirs aux alouettes, l'endroit où le sable devient mouvant, où il faudra reculer, contourner le territoire au risque de mourir englouti. Il n'a pas eu le temps. Les erreurs de jeunesse m'attendaient à chaque coin de rue, avec leur lot de fatalité. J'étais en fait aussi désemparée que le marcassin dont mon père m'avait confié la garde quand par accident un ami avait tué la mère, une laie suitée. Une histoire dont on parla longtemps dans notre famille. Papa avait pu sauver un des petits cochons sauvages en le glissant dans sa poche et me l'avait offert. Quelle joie malgré tout. Je l'ai nourri au biberon comme un bébé tandis qu'il s'endormait, repu, aux côtés de Plouc. Puis, la nature a repris le dessus, les défenses de John ont poussé, les canapés ont été éventrés et il a fini parqué dans un pré. J'aurai dû emmener John chez Fifi, chez Fifi les canapés en mousse étaient laids, cela n'avait pas d'importance s'il les abîmait. Et puis je n'ose imaginer la réaction de la comtesse si j'étais arrivée avec un sanglier au bout d'une laisse rose.

J'avais appris le chemin par cœur : Victor-Hugo, l'Étoile, les Champs-Élysées, le pont Alexandre-III ; à gauche : le boulevard Saint-Germain et la faculté. Il y avait plus court, mais c'était plus compliqué. Pour mon père, Paris se résumait aux délicieuses saucisses-pommes à l'huile et aux marchands de disques sur les Champs. Vision restrictive, mais elle existait.

Comme je confondais la droite et la gauche, je laissais passer tout le monde place de l'Étoile. Cela prenait plus de temps, mais je m'en sortais ainsi... Je conduisais à Paris ! Je n'en revenais pas. Parfois une sensation d'euphorie m'envahissait au volant de ma voiture. C'est en roulant que je prenais le plus conscience de ma liberté. Les ponts, les berges de la Seine, les grandes artères, de tous côtés, il y avait des choses à voir et à découvrir, du monde, des cafés, des musées, des boutiques, bien plus que je ne l'avais imaginé.

Il avait fallu passer outre aux pleurs de ma mère, à la mauvaise humeur de Sofia, aux diverses mises en garde pour être au volant d'une voiture à Paris. Alors, malgré tout, j'étais un peu fière d'être là, de traverser le grand hall de l'amphithéâtre bondé. L'examen le plus difficile, je l'avais déjà passé.

5

Il y avait des matins où je me sentais tellement seule que j'imaginais descendre du troisième étage, choisir quelqu'un dans la rue, n'importe qui, et lui demander : « Voudrais-tu être mon meilleur ami ? », sur le ton du Petit Prince s'adressant au renard.

Choisir quelqu'un d'anodin, pas forcément la plus belle ou le plus beau, quelqu'un qui passerait devant moi et qui aurait une apparence normale, sans extravagance excessive ; pas forcément le plus fort de la classe, ni le plus sûr de lui, mais quelqu'un qui regarde dans les yeux, qui sourie et écoute quand on lui parle. Les gens autour de moi ne souriaient pas.

Pas pour rien. Ils souriaient du coin des lèvres pour une blague, encore fallait-il qu'elle soit drôle. Sinon, le malheureux conteur était aussitôt fustigé.

Je souriais trop.

Mon sourire ne traduisait pas un bonheur de vivre, non, je ne peux pas le dire ainsi, même s'il me donnait l'apparence d'une certaine légèreté.

Mon sourire était une construction, une façade. Il ne fallait pas en abuser.

Garder l'air sérieux, un poil agressif quoi qu'il advienne, est la signature des gens importants. Les autres peuvent bien penser ce qu'ils veulent, l'important s'en balance. Je n'en étais pas là.

Ne pas sourire pour ne pas être moquée me semblait une règle de vie essentielle. Quand Bobby avait dansé avec ma correspondante anglaise, j'avais expié l'humiliation en décidant de ne rien montrer.

Ne pas sourire relevait du même état d'esprit. Cela ne sert à rien de donner à ceux qui ne savent pas recevoir. Pourtant, ma motivation était simple. Je souriais aux autres pour qu'ils me sourient en retour.

En fait, je ne récoltais pas grand-chose, un petit frémissement de commissures par-ci, par-là, parfois un rictus.

Les jours qui passaient m'apportaient la preuve de mon erreur. Vouloir être soi relevait de la prétention ou de l'inconscience.

Il fallait lutter contre la bouche qui s'étirait. Lutter contre le besoin d'être aimée à tout prix et ces lèvres qui s'allongent juste pour séduire.

Le reste suivrait. Je m'entraînais dans mon lit, je m'imaginais disant bonjour sans sourire, sans quémander une marque d'amabilité en retour. J'essayais.

Le plus triste était là, dans ce danger à être soi. Fifi, elle, ne savait pas la vie, comme d'autres ne savent pas compter ou s'exprimer en public. Elle était à faux comme un cheval qui trotte sur le mauvais pied.

À la faculté, la jeunesse dorée se méprenait sur la réalité de sa richesse. Les étudiants n'avaient pas conscience de leur insouciance, ce qui était la preuve même qu'ils l'étaient. Moi, je ne rêvais ni de leur voiture ni de leur sac ou de leur montre de grandes marques, mais de leur légèreté.

Moi, c'est la légèreté que j'aurais commandée au Père Noël plutôt que la robe de couturier.

L'excentricité de Fifi m'avait amusée, mais je découvrais que les raisons profondes n'étaient pas futiles et qu'elles s'apparentaient plutôt à une lutte désespérée de reconnaissance.

Depuis quelques jours, elle s'habillait en peau de panthère synthétique et ses encouragements à bien me marier, dans une bonne famille, étaient devenus obsédants et insupportables. Avec son chapeau léopard qu'elle n'enlevait plus, elle me donnait des cauchemars, surtout quand elle menaçait de venir me chercher à la faculté.

Plouc me manquait, les chiens perçoivent la tristesse et c'est déjà beaucoup. Maman m'avait dit qu'il dormait sur mon lit et qu'il avait toujours l'air de m'attendre. Edmond aussi avait un chien, mais il n'entretenait pas la même relation que moi avec le mien. Une famille solide dispense peut-être de l'amour d'un animal.

Edmond avait des copains plutôt que des amis et cela lui suffisait, nul besoin de se jurer une amitié éternelle comme Sofia et moi sur la plage. Il offrait des cafés, des Coca à qui s'asseyait à côté de lui, et des vacances si affinités.

Éléonore, parce que leurs parents se connaissaient, était la plus proche d'Edmond. Elle avait répondu à mon sourire et nous avions sympathisé pour cette raison-là. Cependant, Éléonore était l'amie de mon ami, elle n'était donc pas la mienne. Je ne sais pas pourquoi l'amitié revêtait chez moi un caractère aussi exclusif. Mais, parce que l'amitié ne repose pas sur les mêmes bases entre un homme et une femme qu'entre deux femmes, j'aurais pu l'accepter. Sofia m'avait mise en garde, Paris n'est pas la ville de l'amitié. Edmond était attentif, il avait compris que Sofia me manquait. Il voulait user de son charme pour la convaincre de venir étudier à Paris. Il parlait comme un père, son statut le lui permettait, il disait : « Sofia doit faire des études, devenir une femme indépendante. » Et, en cas de résistance, il proposait d'aller la chercher avec moi. Il portait des vestes marron beige en cachemire et des gabardines au col relevé ; il n'était pas habillé comme un jeune, mais plutôt comme je pense devaient l'être les aristocrates anglais. Impossible de l'imaginer allongé sur la plage de Pont-Blondin, une plage sans cafés, sans rien d'autre que du sable, sans matelas, ni parasols, une plage où il lui serait impossible d'appeler un garçon pour qu'il lui apporte un Coca avec des glaçons et une tranche de citron.

Sa peau devait être blanche, de cette blancheur totale qui rend chaque rayon du soleil aussi cruel qu'un coup de lance. À côté de Sofia et moi, qui avions la peau tannée comme du cuir, il aurait eu l'air d'un «navet», comme on disait ici pour se moquer. Maman lui aurait préparé des petits plats et Fifi, drapée dans ses robes insensées, aurait dansé pieds nus, là où le serpent était passé.

Parfois je pensais si fort à Sofia qu'elle était un peu là. Et nous devenions complices encore plus qu'à Fédala. Liguées toutes les deux contre tout ce que nous ne comprenions pas, contre la sophistication, contre la superficialité, et nous en aurions ri au lieu d'en être blessées.

Avec elle, je sais que ma vision de Paris aurait changé. Il est même possible que j'aurais aimé cette vie : à deux, c'est plus facile. Edmond énonçait cette banalité, conscient des limites de sa compétence. Il redoutait les confidences trop poussées qui transforment les amants futurs en amis certains.

Personne ici n'avait l'empathie de Sofia. Il est probable que ma vie ne les intéressait pas, la leur prédominait, cela se traduisait par une frénésie de soi, une boulimie verbale ou bien un silence réfrigérant, une banquise à vous glacer les os.

Edmond me demandait avec insistance presque tous les matins face à la machine à boissons chaudes « comment ça allait ». Mais au moment où je donnais ma réponse, il avait du mal à retenir son regard qui filait ailleurs, comme celui du banquier de maman, qui était la personne la plus importante que je connaissais à Fédala et qui ne pouvait pas accorder beaucoup de temps aux affaires de ses clients.

Ici, tout le monde se comportait en banquier arrivé. Les regards fuyaient dès que quelqu'un tentait d'évoquer son problème. Et moi, je comprenais qu'au fond, seule l'affection que me portait Edmond le différenciait du reste des étudiants ; son regard finissait par revenir vers moi, alors qu'avec les autres, je changeais de sujet sans qu'ils s'en aperçoivent.

« Où pars-tu en vacances ? » était une de mes questions idiotes types. Mais j'en avais d'autres : « D'où viens ton shetland ? », « Tu sais quel est le prochain cours ? » N'importe quoi pour ne pas affronter le silence.

Ici ils savent le garder aussi bien que Sofia tient en apnée au fond de la mer, question de volonté. Ils peuvent rester des heures face à face sans piper mot, comme ceux qui reçoivent sans offrir un verre d'eau. Ce sont les mêmes.

Je ne sais pas si l'idée que l'amour était plus simple à réussir que l'amitié avait germé de ces affrontements silencieux. Tout ce qui semblait difficile prenait de l'importance. L'amour parce qu'il devait être unique et absolu paraissait plus simple, alors que l'amitié qui permet la multiplicité exige des qualités de tolérance et de générosité.

J'avais eu de la chance, Sofia était née dans la même rue que moi, dans le même bled, deux heures avant moi, le même jour, de la même année. Nous étions des amies prédestinées.

Aurions-nous été différentes si nous étions nées rue de la Pompe ou de la Faisanderie ? Serait-elle arrivée à la faculté le nez en l'air, comme les autres, sans qu'aucun sourire n'égaie son visage ? Elle se serait attablée en fumant avec les filles et m'aurait désigné une place d'un geste vague. À la question des vacances, elle aurait répondu comme les autres parce que, outre les maisons de famille qu'ils possèdent tous en province ou sur la côte, ils se retrouvent dans les mêmes endroits chics pour skier ou pour nager.

Mon erreur était de demander. Il ne fallait rien demander. Il n'y a que les pauvres bougres en *poor devils* manque de chaleur humaine qui s'intéressent à la vie des autres parce que la leur ne les remplit pas.

Me taire, jouer les indifférentes, alors que je ne l'étais pas, me demandait des efforts. Je ne savais pas traverser le grand hall, le nez en l'air comme si j'étais sûre de moi, comme si je n'avais pas besoin d'attention, comme si j'étais assez forte pour ne pas être blessée, ne pas susciter de l'intérêt et des interrogations. Je ne savais pas.

Avec Sofia, on aurait traversé le grand hall de la faculté bras dessus bras dessous, commentant les alentours, nous chuchotant des secrets, riant des mêmes choses légères, insouciantes complices.

Mon amie idéale n'avait pas besoin d'être une vedette, comme Éléonore qui arrivait en Austin bleu métal et Lisa qui embrassait à tour de bras.

Avec Sofia, on n'avait jamais eu à se poser la question du choix. Sur la plage, en bas de chez nous, devaient déambuler trois ou quatre filles de notre âge, pas plus. À la faculté, il y en avait des centaines, il y en avait dans la rue, dans les cafés, dans les boîtes, alors pourquoi l'une plutôt que l'autre ? Les amies possibles étaient déjà prises. Les filles arrivaient par deux, les clans étaient constitués depuis trop longtemps.

J'étais en dehors.

Il était en vitrine quand je suis passée devant le chenil. Un bébé beagle me regardait le regarder.

Il penchait parfois la tête comme pour essayer de comprendre pourquoi je ne le sortais pas de sa cage.

Alors je suis entrée dans la boutique et j'ai demandé le beagle. Si quelqu'un a déjà vu un beagle bébé, il me comprendra. Je l'ai pris dans mes bras, le petit ventre rose collé contre ma poitrine, son cœur battait, proche du mien. Il sentait bon cette odeur qu'ont les chiots, il posait son museau frais et doux dans mon cou. Qu'est-ce que dirait Fifi si je ramenais cet animal à la maison ?

Et si je passais un marché : j'achète le beagle ou je demande à maman d'envoyer John Bull chez Fifi ?

Si j'arrivais à Mandalay un sanglier au bout d'une laisse, mon succès était assuré…

Je fermais les yeux en le berçant pour mieux m'isoler avec lui, mais le vendeur est venu me l'enlever et l'a jeté sur la paille, derrière des barreaux. Le cœur déchiré, je me suis enfuie, les mains douloureusement vides.

Évidemment, un chien ce n'est pas un ami comme les autres, peut-être est-ce mieux.

6

Je n'y croyais plus. Tant de faux espoirs, tant de rendez-vous reportés parce que le billet était trop cher ou, plus simplement, parce que Paris l'effrayait. D'ailleurs, quand nous nous parlions au téléphone, je n'évoquais même plus l'éventualité de son voyage ici.

Jusqu'à ce matin où la sonnerie a <u>retenti</u>, c'était elle, pressée de m'annoncer qu'elle arrivait. Et pour m'assurer qu'elle ne changerait pas d'avis, elle ajouta que le billet était acheté et qu'elle ne pouvait donc plus reculer.

<u>Sofia arrivait dans trois jours.</u> Comme sa venue m'intimidait autant qu'elle me réjouissait, cela me sembla peu pour m'y préparer.

Pas une minute à perdre. Je voulais qu'elle sache où j'habitais, quelle vie je menais. C'était mon Paris qu'elle devait visiter en urgence afin que nous puissions continuer de parler le même langage qu'à Fédala. De ce point de vue, je ne l'avais pas quittée ; nos codes, nos références, nos lieux, la grotte aux coquillages m'habitaient toujours. Elle pouvait me dire que Pat avait passé trois quarts d'heure avec elle dans les rochers et aussitôt, je ressentais la tiédeur de l'eau réchauffée sur les dalles, la douceur des algues contre mes jambes. Je voulais simplement, sans trahir notre univers, lui faire connaître le mien, Edmond, l'amphithéâtre, l'Étoile, les balades en voiture et le ciel plein de nuages gris.

Qui n'a pas vu Sofia déambuler en traînant un chariot, un bonnet de laine sur la tête, n'a jamais assisté au spectacle le plus décalé du monde. Je ne savais pas à quoi la comparer sans me moquer un peu, à une grenouille en tenue de ski ? Peut-être était-ce le col roulé qui n'allait pas avec son visage bronzé, ou sa jupe d'été avec un pull tricoté ? Ou tout simplement ne l'avais-je jamais vue habillée en hiver.

Pour elle aussi, je devais être étrange. Avant de m'embrasser, elle m'a examinée des pieds à la tête, mais contrairement à moi, elle avait un air admiratif, elle a dit « super ! », comme si j'étais parvenue à quelque chose de cohérent : « Tu ressembles à une vraie Parisienne ! » On est tombées dans les bras l'une de l'autre en sautillant de joie comme des petites filles. J'avais l'impression d'enlacer une partie de mon enfance, de mon passé, de tout ce qui était étouffé ici. Avec elle à mes côtés, j'étais reconstituée, entière enfin.

Nos retrouvailles ont commencé par des éclats de rire. La dernière fois que nous nous étions autant amusées, nous jouions une pièce de théâtre au fond du jardin. J'étais une diva et, tandis que je chantais, Sofia, dans le rôle d'un garnement échappé de je ne sais où, passait, sans que je m'en aperçoive, à quatre pattes entre mes jambes. La diva était ridiculisée, la salle s'esclaffait, c'est-à-dire maman, Fifi, Aïda, Bobby, Pat et papa. L'assemblée la plus indulgente du monde.

Cette fois, ce ne fut pas un de nos scénarios loufoques qui déclencha nos gloussements. Nous étions sur l'autoroute et, tandis que j'étais au volant de ma voiture d'occasion, concentrée sur cette route que je ne connaissais pas, Sofia sortit de son sac à main un paquet de gâteaux que sa maman avait cuisinés pour moi. Je ne résistai pas. Très vite mes doigts dégoulinaient du miel dont les chibakias étaient imbibés et ils devinrent si poisseux que mes mains restèrent collées sur le volant. Cela suffit à nous faire retomber en enfance : « Dès que tu arrives, c'est le souk ! » C'était bon de retrouver notre complicité, de rire pour des riens, d'être à nouveau chez soi.

Mon lit était si étroit qu'il semblait inenvisageable de dormir tête-bêche, les pieds de Sofia sous mon nez comme quand nous étions petites. J'avais ajouté un matelas sur le sol de ma chambre, de la mousse, rien de très confortable. De toute façon, nous n'aurions pas beaucoup de temps pour dormir. Le programme était chargé : Sofia devait savoir à quoi ressemblaient une faculté, les Galeries Lafayette, mais aussi l'appartement des parents d'Edmond; parce que même dans ses rêves les plus fous, elle n'aurait pu imaginer une moquette aussi épaisse, des murs patinés ou tendus d'étoffes si luxueuses, des portes aussi lourdes. Chez nous, les portes étaient si minces que papa avait défoncé celle de l'entrée d'un coup d'épaule le jour où maman avait oublié la clef. Ici, il faudrait appeler un serrurier, s'acharner des heures sur les verrous, comme sur les coffres de la Banque de France. Edmond nous avait invitées le lendemain à la réception que donnaient ses parents pour l'entrée à l'Académie française d'un de leurs amis écrivains. Une chance? Enfin, je ne sais pas si on peut appeler cela ainsi. Une opportunité qu'Edmond nous suppliait de ne pas rater. «C'est quoi, l'Académie?» avait demandé Sofia. Je n'allais pas fanfaronner en lui expliquant le rôle de l'Institut : je le savais depuis peu. «Tu es sûre?» Elle ne se donnait même pas la peine de finir ses phrases, je comprenais. Je comprenais que notre intrusion chez Edmond ressemblerait davantage à un plongeon du plus haut des rochers de Pont-Blondin, sans s'être auparavant mouillé la nuque, qu'à un divertissement.

— Plonger dans ce monde! Je préfère encore plonger en hiver quand l'eau ne dépasse pas dix-sept degrés et que la mer est couverte d'écume blanche.

— Ne t'en fais pas, c'est encore pire!

Sofia m'avait regardée, l'air de dire : alors pourquoi s'imposer de telles tortures ? Et c'est justement à cette question que je ne pouvais répondre.

— Imagine que l'on part en voyage, en Chine ou ailleurs, on ne peut pas savoir si on va aimer à l'avance, mais il faut connaître d'autres façons de vivre que la nôtre. Ici, certaines mères n'élèvent pas leurs enfants, elles ne savent pas faire la cuisine, elles ne les embrassent pas le soir avant le coucher et c'est peut-être pour se venger que plus tard les enfants leur volent de l'argent.

Évidemment, la phrase n'était pas tombée dans l'oreille d'une sourde. J'aurais dû me taire, mais les vols qu'Edmond commettait pour m'emmener à la Route Mandarine, un restaurant chinois réputé, me choquaient. Je me demandais si la profusion n'anéantissait pas la solidarité familiale et si en cela la richesse n'était pas détestable.

— Edmond vole ?

— On ne peut pas le dire comme ça, son père ne s'aperçoit même pas qu'il lui fait les poches.

— Je ne peux pas croire ce que j'entends. Maria-Lila, si tu n'es pas choquée, c'est que tu es contaminée !

— Par souci d'équité, parfois, il vole sa mère. La dernière fois il lui a pris des billets étrangers et on lui a rendu tellement au change qu'il a dû en remettre une partie.

— Il te raconte des choses comme ça ! Et tu sors avec lui ?

— Juste à la Route Mandarine...

Mes mains collent au volant, heureusement qu'il n'y a pas de mouches ni de guêpes dans cette ville.

— Et en plus, il a une maîtresse...

— Oui, Éléonore me l'a confié: une femme plus âgée que nous, une amie de sa mère, l'avait repéré lors d'un déjeuner à Mandalay, il avait seize ans. Il paraît que cela se fait dans leur milieu. Elle a quarante-deux ans, un mari vieux et riche. Elle loue un studio dans le XVIe et achète des draps en soie. Là, ils se voient deux fois par semaine, mais jamais le mercredi parce qu'elle accompagne ses enfants au tennis, ni le samedi parce qu'elle chasse avec son mari.

— Une parfaite épouse... Ce monde me donne la nausée: comment peux-tu être heureuse au milieu de ces gens!

Heureuse! Sofia parlait comme mon père. Ce mot avait disparu de mon vocabulaire depuis que j'habitais Paris et sa signification aussi.

— Peut-être ne faut-il pas connaître la vie des autres. Chacun a ses petitesses, ses compromis, ses arrangements. Ce n'est pas toujours glorieux, mais c'est ainsi. La tête d'Edmond est compartimentée, son cerveau est cloisonné, il est imperméable. Quand il est avec moi, il est avec moi.

— Quand il est avec elle, il est avec elle... Je préfère ma tête avec ses compartiments poreux et primitifs.

— Je ne suis pas jalouse.

— On ne sort pas avec un type si on n'est pas jalouse. Quel intérêt ?

— Grâce à elle, il se contente d'un baiser furtif dans sa voiture et n'essaie pas d'aller plus loin ! L'autre jour, il m'a fait monter dans celle de sa mère qui sent bon le cuir neuf. Moi, je croyais que le cuir dégageait toujours une mauvaise odeur, que cela sentirait la chèvre comme les babouches du marché, mais non. Cela peut sentir bon, la peau de bête.

Nous longeons des artères éclairées, les ampoules ne sont pas la cible des gamins et de leurs sarbacanes. Rien ne ressemble à notre monde.

Le silence règne dans la voiture. Sofia regarde par la vitre, elle dit : « C'est drôle, elles sont toutes belles, les voitures. »

Elle doit penser aux charrettes sur la route, aux ânes qui s'arrêtent net et bloquent la circulation des heures durant, mais elle ne l'exprime pas. Elle récapitule notre conversation sur le ton de la dérision :

— Les nouvelles de Paris sont bonnes, ma meilleure amie sort avec un type qui vole son père, qui vole sa mère et qui sort avec la copine de cette dernière. Vive Paris !

J'ai trop parlé ; la confidence ne mène à rien, j'en ai trop dit, trop vite, sans attendre qu'elle atterrisse, se familiarise un tant soit peu pour pouvoir comprendre.

— Maria-Lila, pardon, mais est-ce que je peux te poser une question ?

Je tourne la tête mais à peine, c'est dangereux, je

177

tente de lever une main, mais elle adhère au volant. Alors je lui demande de poser sa question.

— Est-ce que, par hasard, tu aurais réussi ?

Réussi quoi ? De quoi me parle-t-elle, après le tableau désastreux qu'elle vient de brosser de ma situation.

— Est-ce que tu serais devenue snob ?

7

Sofia est entrée chez Fifi sur la pointe des pieds.

Évidemment, l'univers de ma marraine était particulier, même s'il se rapprochait plus, par son côté chaleureux et hospitalier, des gens que Sofia et moi connaissions depuis notre plus tendre enfance.

Fifi nous attendait sur le palier, boucles blondes et sourire aux lèvres. Les larmes lui sont montées aux yeux quand elle a serré Sofia dans ses bras. Elles semblaient plus proches qu'elles n'avaient jamais été, peut-être parce qu'elles se retrouvaient en territoire étranger.

Fifi me lança le regard d'une gamine prise en flagrant délit ; oui, je sais, les larmes de cette nature sont interdites… je dois me reprendre.

Sofia sortit de son sac des dattes, un flacon de célou préparé par sa mère, de la menthe fraîche, tandis que Fifi apportait des macarons mauves et vert tendre dont elle était très fière. Dans la famille, on se disait « je t'aime » à coups de gâteaux… Fifi se jeta sans attendre sur les pâtisseries de Fédala et Sofia sur celles de Ladurée.

Quand le festin prit fin, Sofia me tendit l'enveloppe couleur blue-jean de Bobby et dit à voix basse : « Tiens, c'est pour toi… »

Je ramassai l'enveloppe, la main traînante, non pas que je n'avais pas envie de la lire, mais la vie était enfin plus douce, Sofia était là, et sa seule présence suffisait à réconcilier mes deux mondes. La lettre, c'était pour plus tard. Puis Sofia leva le pied et sortit de sa chaussure trois billets de cent francs pliés en quatre.

Même Fifi fut stupéfaite. Ni à Paris ni à Fédala, on ne pratiquait ce genre de transport de fonds. Mis à part Aïda qui cachait l'argent de la semaine dans ses babouches. Devant notre étonnement, elle balbutia :

— J'avais peur qu'on me les pique à la douane… Regarde le résultat : deux énormes ampoules, tu vas encore dire que mes pieds sont affreux !

J'étais agacée et émue à la fois. Sofia, à présent comme Fifi, éveillait en moi des réactions contradictoires. Pourtant, j'aimais ses intonations appuyées, son air concerné, j'avais besoin d'elle telle qu'elle était vraiment.

— Il me faudra au moins deux cents francs, je dois rapporter *Ma Griffe* de Carven à ta mère. C'est d'ailleurs elle qui m'a conseillé la semelle des souliers…

Cela ne m'étonnait pas, elle était capable de choses de ce genre, puériles et romanesques.

— Garde ton argent. J'ai déjà acheté le flacon, tu penses que je connais ses goûts...

De ma chambre à Fédala on entendait les vagues à marée haute et le cri des oiseaux, ici ce sont les klaxons, les rires d'enfants qui résonnent et je ne peux pas dire que je regrette la mer et les hirondelles le soir. L'humanité bruyante, vivante, même si Sofia ne comprenait pas, même si cela ne se disait pas, me rassurait plus que la nature.

Inutile de chercher à la convaincre. Elle fronçait les sourcils, moue dégoûtée et tout le bastringue. Oui je sais, mon bureau n'est qu'une planche sur deux tréteaux, non pas de vue, juste l'immeuble voisin, pas de lumière non plus, pas d'espace.

Et dans ces reproches, elle me rendait à moi-même. Un prénom de chien, l'évocation d'un gâteau au miel, une vieille blague ; balivernes qui m'aidaient à me souvenir que j'existais avant ici, qu'un regard malveillant ne suffirait pas à me faire disparaître, que le vent pouvait souffler, j'étais enracinée quelque part, ailleurs, mais quelque part, et je tenais debout malgré tout.

J'avais une mère, elle m'envoyait des confitures aux oranges amères, un cheval, une maison, et les gens qui me regardaient comme si je n'existais pas se trompaient. J'avais une histoire, pas comme les autres, mais une histoire.

Edmond a appelé pour s'assurer que nous viendrions bien à la réception que donnaient ses parents. La première réaction de Sofia fut de me dire: «Sans moi», mais j'insistai, de ma voix la plus douce pour ne pas l'effrayer, parce qu'il y avait de quoi être effrayé, je la suppliai: «Essaie... C'est une forme de voyage. Les grands magasins aussi. Dis-toi qu'on va dans une contrée sauvage assister à un rite indigène.»

Après avoir visité, à s'en faire tourner la tête, tous les rayons, décorations de Noël, confiserie, bricolage, maquillage, l'espace des créateurs, Sofia était saoule. Elle titubait, trop de monde, trop de choses autour d'elle lui tournaient la tête et la mienne aussi. Dans cette abondance, elle finit par trouver une robe simple et habillée à la fois que seule l'assurance de pouvoir la remettre au mariage de son cousin l'autorisa à acheter avec les trois billets qui avaient voyagé dans ses souliers.

8

Sofia portait sa robe achetée aux Galeries Lafayette. Une robe rouge coupée dans un tissu soyeux mais synthétique, petites manches ballons, encolure arrondie, chaussures plates. Elle avait l'air d'une étudiante provinciale venant passer un grand oral dans la capitale.

Sofia me pinça le bras en entrant chez Edmond et me souffla : « Je ne sais pas si je pourrai te le pardonner un jour. » Après de longues négociations, pendant lesquelles elle faillit me convaincre que l'on serait plus heureuses au Jardin d'acclimatation, elle avait fini par accepter. À cause de la robe qu'il fallait amortir (c'est le danger avec les tenues nouvelles), mais pas seulement : elle savait que ses conseils auraient plus de poids s'ils étaient fondés sur l'expérience, qu'il fallait donc venir, et moi je l'emmenais pour qu'elle me convainque de ce que je savais déjà : il fallait partir. Le savoir est une chose, l'action en est une autre. Il faut compter un temps d'observation, un temps de réalisation, un temps où l'on enlève les rêves pour les poser ailleurs. Et parfois recommencer l'expérience avant d'en venir à l'évidence : je me suis trompée. Comme dans les histoires d'amour, le plus difficile, c'est de l'admettre.

Avec elle à mes côtés, mon trac décuplait. Elle ne me donnait pas la force escomptée. Non, c'était plutôt le contraire qui se produisait : ma peur s'additionnait à la sienne.

Dans l'escalier, la situation m'apparut telle qu'elle était : ridicule. Pourquoi faut-il s'approcher aussi près des choses pour les voir comme elles sont ? Trop tard pour me poser ce genre de question. Je portais la responsabilité de Sofia, de ses épaules voûtées, de son regard affolé. La responsabilité de cette soirée qui ressemblait à une épreuve ratée d'avance, et peut-être étais-je là pour ça. Pour rater. Pour me dégoûter. Pour en avoir assez. Pour en finir.

Nous étions sur notre trente et un, quand je vis l'assemblée, je compris que nous nous étions trompées. La science complexe du snobisme ne nous était pas encore infusée. Pas évident de deviner qu'il valait mieux être pas assez habillé que trop. Nous l'étions trop.

Nous venions de la campagne et de la mer. C'était visible. Notre insécurité nous avait contraintes à en rajouter une couche. Un supplément de colliers, de rouge aux joues, de châles qui n'échappaient pas à un regard avisé. Nous étions endimanchées, autant dire ridicules. D'ailleurs rien ne justifiait notre présence ici.

Sofia, courageuse face aux crabes poilus, face aux murènes et qui n'avait pas pleuré quand un tremblement de terre avait fissuré sa maison, vacille, confrontée aux regards des autres. Nous sommes immobiles, les semelles collées sur un parquet Versailles, entre deux portes en bois dorées, moulurées qui ouvrent sur les réceptions.

J'ai surévalué mes capacités d'adaptation. Mon cœur s'emballe, j'ai l'impression d'être un gibier traqué. J'ai toujours combattu la chasse pour ces raisons-là et me voilà dans le rôle du sanglier, les défenses en moins. Les chasseurs me regardent fusils pointés, je compatis avec les animaux du monde entier.

Il faut partir avant qu'Edmond nous voie. On lui dira que l'on n'est pas venues, qu'une grippe soudaine s'est abattue sur moi, ou sur Sofia, peu importe, et que l'on a beaucoup regretté cette fête à laquelle nous aurions tant aimé participer. L'éducation est indissociable de l'hypocrisie. Paris vous enseigne ces leçons et l'art de les appliquer.

«Allez, on s'en va!» Sofia me regarde avec reconnaissance: «On va au Jardin d'acclimatation? Ou bien manger des frites et des glaces sur les Champs-Élysées?»

N'importe quel autre programme ferait l'affaire. L'exploit à fournir ce soir est au-dessus de nos moyens.

Trop tard. Edmond devait surveiller notre arrivée, il fonce sur nous, les bras écartés, chemise ouverte sous une veste sport.

— C'est Sofia ? Je l'aurais reconnue entre mille !

Il l'embrasse, s'extasie sur son teint, la chance qu'elle a de vivre dans un si beau pays.

Elle sourit benoîtement, sans doute le trouve-t-elle trop pâle, alors que lui la trouve trop bronzée. Passée de mode, je sais. Edmond ne se doute pas que l'on était en train de partir. Il sourit, et moi je n'aime pas décevoir, si infime soit la déception. Il veut me présenter son père, son père n'était pas à Mandalay le fameux jour où je m'y suis rendue. Et sans que j'aie le temps de le retenir, il s'en va à sa recherche. L'affaire se complique. Oui, Sofia, inutile de me lancer ce regard de chien battu, je me suis trompée. Mais souviens-toi, j'ai un crédit, c'était encore pire quand tu m'as emmenée sur cette plage où l'on a failli se faire emporter par le courant et qu'il nous a fallu des heures pour reprendre souffle ; ici il n'y a qu'un escalier à descendre et à nous la liberté.

Sofia dans un murmure : « C'est ça le snobisme ? Tu as remarqué comme les hommes retirent vite leur main quand ils la donnent pour dire bonjour, et tu as vu la femme qui en salue une autre en cherchant dans l'assemblée quelqu'un de mieux à approcher ? » Bien sûr que j'avais remarqué. Nous étions blessées par les mêmes attitudes. « Le snobisme à Fédala ce n'est qu'un mot, ici c'est un cirque insupportable. Voilà, on est entourées de snobs et c'est un vrai cauchemar. » J'avais envie de lui demander pardon, de lui dire que le snobisme pour moi, c'était une contrée lointaine, forcément belle et que j'avais eu tort.

Nous étions là, toutes les deux serrées l'une contre l'autre, à l'entrée du salon, gigantesque, couvert de tableaux trop écrasants. Dans les angles étaient posées des sculptures en bronze monumentales, et nous étions perdues comme dans une forêt hostile.

Champagne ? Un des maîtres d'hôtel passe pour la seconde fois. Non pas de champagne, merci.

Un canapé au saumon ? Au caviar ? Non, merci. On a la gorge serrée. De toute façon, même des frites au ketchup, on ne pourrait pas les avaler.

Sofia et moi sommes des jumelles, des siamoises. Je ressens ce qu'elle ressent, ses émotions m'assaillent, sa panique me gagne. Elle est à bout. Elle m'attrape le bras. « On tente une nouvelle évasion ? Edmond a disparu dans la jungle humaine… Tu diras que la grippe m'a terrassée, que le paludisme m'a paralysée… »

Mais soudain, tandis que Sofia énumère tel un bagnard les plans de cavale possibles, son regard se fixe sur le lustre à pampilles qui illumine la pièce principale. Un plafonnier circulaire, large comme une soucoupe volante sous un ciel nuageux. Son regard ne s'en détache plus. Je dis : « C'est un luminaire en cristal sûrement dix-huitième ou dix-neuvième siècle. J'avais repéré le même dans un livre sur Versailles. Tu aimes ? » Le regard est toujours fixe. « Cela te plaît ? » Quelque chose de drôle, de presque fou passe dans ses yeux, une lueur. Elle vacille, balbutie quelques mots, je crois entendre « pardon » mais je ne suis pas sûre. Ce dont je suis sûre, c'est qu'elle va chavirer comme un bateau en pleine tempête et que je n'aurais pas dû l'amener ici. Il faut trouver une chaise.

— Tu as vu ? dit-elle en pointant le lustre.

Quoi ? Qu'est-ce que j'ai vu, un lustre plutôt monstrueux, et alors ?

Sofia est prise de spasmes, tandis qu'elle pointe le luminaire du doigt, elle émet des bruits incongrus, son corps se plie en d'improbables contorsions, tant et si bien qu'au début, je me demande si elle n'est pas en train de mourir. Notre chienne, Diana, est morte un peu de cette façon, en se tordant, juste après avoir mis bas. Je me penche en avant pour voir son visage quand une figure cramoisie, un masque déformé par le rire, m'apparaît... Je lui chuchote : « Ce n'est pas le moment ! » mais elle hoquette de plus belle.

« Sofia, dis-moi ce qui t'arrive ? Vite, dis-le-moi ! » Avec angoisse, je vois au loin Edmond et son père fendre la foule d'un pas rapide et se diriger vers nous. « Dis-moi ce qui se passe ? » Dans un effort qui fripe encore plus son visage, elle parvient à prononcer quelques mots, audibles juste par moi : « Imagine que le lustre s'effondre sur la tête de son père ! Imagine sa tête encastrée entre les rayons gondolés d'une roue à bicyclette, imagine-le couvert de pampilles brillant comme des diamants, imagine, Maria-Lila ! »

Je la regarde, affolée. Si quelqu'un l'entendait ou la voyait, nous passerions pour des dingues, et l'on nous chasserait. Malgré cette éventualité, l'image du père assis par terre, le lustre vissé sur les épaules, me poursuit et, tandis que je traîne non sans mal Sofia vers la sortie, tout à son rire, le rire me prend moi aussi. Et nous sommes comme deux folles, deux pauvres filles, deux gourdes, l'une entraînant l'autre, emportées par un courant, un torrent de rire qui nous secoue le ventre et les côtes, et c'est toute ma cage thoracique qui à trop le contenir va exploser.

Edmond arrivait, il fendait la foule au pas de charge, accompagné de son père. Cela allait être horrible. Un carnage.

Ils allaient assister au pathétique spectacle de deux sauvages lancées dans Paris, deux oies écervelées dans un endroit trop élégant pour elles. Ma vie ici, mes dîners à la Route Mandarine, mes promenades en limousine allaient valser en éclats : retour à la case départ. Sofia avait réussi son coup. De là où nous étions, je pouvais voir le visage du père d'Edmond et le rire montait à mesure qu'il s'approchait, comme si, entre ses pas et mon rire, il y avait une relation de cause à effet.

189

Par chance, une femme en fourreau noir étranglée par trois rangs de perles attrapa le père d'Edmond par le bras et parvint à susciter son intérêt, au point qu'il daigna s'arrêter pour bavarder avec elle. Edmond dut s'apercevoir que quelque chose ne tournait pas rond. Il abandonna son père à la dame en noir et se précipita à notre rescousse : « Qu'est-ce qui se passe ? » dit-il, l'air inquiet. Mais quand il s'aperçut que l'on riait, son visage se transforma et lui, toujours si avenant, laissa transparaître un sentiment d'agacement : « Qu'est-ce qui vous arrive ? – Elle a imaginé que le lustre s'effondrait sur la tête de ton père ! » Il me regarda avec défiance. « Et tu trouves ça drôle ? » Sofia râlait comme un épileptique en fin de crise. Je respirai à pleins poumons et profitai de cette bouffée d'air pour puiser la force de la pousser vers la sortie.

Edmond qui ne savait plus à quoi s'en tenir : « Tu ne vas pas partir ? me demanda-t-il. Le dîner est assis placé ! » Le ton est carrément snob, un français parlé comme une langue étrangère, avec des intonations inconnues. Le choc a ramené le naturel. « Assis placé » est un concept nouveau. À Fédala on connaît « pique-nique » quand c'est sur la plage, « bonne franquette » la plupart du temps et, dans l'un et l'autre cas, les gens circulent et s'assoient où ils veulent. De toute façon, je sais que je ne suis pas en état d'être ni assise ni placée.

Et tandis qu'il me regarde dubitatif, déçu peut-être, le rire me gagne de façon irrépressible, me gratifiant d'un état d'esprit qui n'est pas le mien. J'ai l'air de me moquer de cette soirée, alors que c'est le contraire. La vie se moque de moi et je ne sais que rire.

« On rentre, ce sera mieux. » J'ai ramassé Sofia qui bavait sur sa robe, et nous avons tourné les talons, sans qu'Edmond nous retienne.

Il a refermé la porte de l'ascenseur, enfouissant nos jupons dans la cabine comme du linge sale à l'intérieur d'une machine à laver ; l'étonnement ne quittait pas ses yeux.

Dans la voiture, tandis que Sofia reprenait son souffle, je lui dis : « Tu <u>t'es vengée,</u> n'est-ce pas ? », et, le regard encore embué, elle murmura : « Tu m'en veux ? »

Alors, j'ai arrêté la voiture, je l'ai prise dans mes bras et nous avons pleuré ensemble.

9

La porte du taxi à peine claquée, je me suis mise à courir derrière ; c'est idiot de courir derrière un taxi, surtout quand on n'a aucune chance de le rattraper. Mais je courais pour courir ; confrontée au départ de Sofia, il n'y avait rien d'autre à faire pour exprimer ma peine et ma révolte.

J'aurais dû insister pour qu'elle reste, cacher son billet de retour, l'inscrire en candidate libre à l'École du Louvre, l'emmener se promener en bateau-mouche. Paris lui aurait semblé moins hostile. J'aurais dû éviter la tragique réception. Jamais plus elle ne voudrait revenir.

Je courais derrière je ne sais quoi… Fédala qui s'en allait, quelque chose m'échappait que j'aurais aimé garder : ma meilleure amie. Les phrases que l'on prononce enfant quand les parents sortent le soir me revenaient en mémoire : « Ne me laisse pas… » Mon chagrin était de cet ordre-là.

J'ai continué à marcher, le souffle coupé par l'émotion. De chaque côté de la rue, les mannequins des vitrines exhibaient des colliers, des bottes, des chapeaux, des sacs avec des chaînes, tout ce qui me faisait rêver à Fédala et me laissait indifférente aujourd'hui. Sofia partait rejoindre maman, Aïda, Plouc, John Bull dans son enclos, et moi je restais dans le mien.

Pourquoi je ne la suivais pas ? Pourquoi je n'attrapais pas n'importe quel taxi ? À part Fifi, rien ne m'attachait ici.

Si je m'étais écoutée, je serais partie. Mais je n'écoutais pas la voix amie en moi. J'écoutais celle qui me forçait à faire des choses dont je n'avais pas envie. Parce que l'éducation était forcément coercitive et que je n'avais que moi pour me contraindre et m'éduquer. Si je me laissais aller, je deviendrais vite, comme Mme Férandis, une femme qui bronze toute la journée sur une serviette Pepsi.

Je m'élevais seule et une vision sévère de l'éducation m'obligeait à m'imposer des épreuves. Mandalay se représenta sous la forme d'un dîner de Noël. Mon professeur d'équitation m'obligeait à remonter quand je tombais, je pouvais considérer que j'étais tombée lors de la dernière réception et qu'il fallait me hisser une fois encore sur ma monture, même si mon cœur s'emballait, même si j'avais peur, surtout si j'avais peur.

Edmond était masochiste et renouvela son invitation.

J'étais cavalière, j'aimais l'obstacle et j'acceptai. Peut-être aurais-je dû réfléchir, l'obstacle était haut, large, double, triple.

Pour résumer la situation. Il fallait être élégant, cela va sans dire, ponctuel, offrir des cadeaux à la famille mais aussi aux invités. Combien étaient-ils ? Trente-quatre ? Prévoir une quarantaine de cadeaux ; la boîte de chocolats était bannie, il fallait faire preuve d'inventivité, de perspicacité. « Une pensée suffit », dit-il. Mais comment penser à des gens que l'on ne connaît pas ? Ah, je recevrais une liste avec des noms. « Pour ma mère, c'est simple, dit Edmond. Je vais te donner un truc : elle aime les coccinelles. Trouve n'importe quoi avec des coccinelles et cela lui fera plaisir ! » Bien sûr, des coccinelles, il fallait le savoir ! Je le remerciai pour le filon. Évidemment j'allais l'exploiter, acheter un filet à papillons, arpenter les bords de Seine, le bois de Boulogne dans l'espoir d'en trouver une !

« Essaie de dénicher un foulard, une boîte, un gadget, n'importe quoi avec la bête à bon Dieu, elle t'aura tout de suite à la bonne ! » Il avait un bon fond, Edmond, malgré tout. Mais demander à une étudiante quarante cadeaux pour le 24 décembre ne lui semblait pas anormal.

J'acceptais les règles du jeu et je savais pourquoi. Je savais que la recherche de cadeaux, aussi futile et dérisoire fût-elle, me détournerait du taxi qui partait et de cette sensation d'abandon qu'il avait laissée dans son sillage. Sofia m'avait laissée à cette vie qu'elle ne supportait pas, elle n'avait même pas pu m'accompagner quelques mètres.

L'hiver était arrivé plus vite que prévu, dehors l'air était glacé et je ne me souvenais pas avoir ressenti le froid avec autant d'intensité. Parfois, lorsque je me baignais un peu tôt dans la saison et que le vent soufflait et m'enveloppait à ma sortie de l'eau, il me suffisait de quelques rayons de soleil pour me réchauffer.

Fifi allumait la cheminée et je m'allongeais sur une couverture devant l'âtre, fascinée par le mouvement des flammes, par le bien-être qu'elles m'apportaient. Le feu de bois était la meilleure chose ici. Je serais bien restée devant le feu avec Fifi le soir de Noël, mais elle ne voulait pas, elle disait que trop vite arrive le temps des feux de bois, le temps où le voyage fatigue et la curiosité s'éteint, les soirées comme celle-là étaient des excursions dans un autre univers, il ne fallait pas les manquer. Et qu'à ma présence ce soir-là, elle préférait le récit que je lui en ferais. Ce n'était pas vrai, évidemment, comme ce bridge de Noël qu'elle ne raterait pour rien au monde. La seule chose qui était vraie était qu'elle préférait que je vive parce que pour elle, vivre, c'était s'élever, découvrir d'autres horizons. Fifi commençait à entrer dans l'âge où l'on préfère exister par l'intermédiaire de ceux que l'on aime: « Raconte-moi », disait-elle, alors que jadis c'était toujours elle qui racontait.

« Il faut chasser la culpabilité avec un balai, c'est un sentiment idiot et inutile. Il ne fait de bien à personne. Puis il faut admettre que les gens soient heureux d'une façon différente de la vôtre. »

J'avais une mauvaise nature, je la tenais de maman. Aussi, quand Fifi me poussait vers Mandalay, j'avais subitement l'impression d'avoir en face de moi une mère capable de déposer son enfant sur les marches d'un palais. Mais je ne le lui disais pas, cela l'aurait meurtrie.

Parfois, un rayon de clairvoyance m'aidait à apprécier l'amour qu'elle me portait, mais ce bonheur arrivait toujours par comparaison, il ne s'imposait pas de lui-même. J'avais besoin pour l'apprécier des récits d'Edmond. Sans tristesse d'ailleurs, mais avec résignation, il me disait ne jamais avoir pu parler à sa mère sans la présence d'Alexandre son coiffeur. Il riait en le disant, me lançant des regards furtifs pour savoir comment je réagissais.

Je souriais, comme si ce n'était pas anormal de ne voir sa mère qu'avec un coiffeur agrippé à ses cheveux.

Je n'allais pas envier ça ! Et je comprenais pourquoi il la volait sans état d'âme, elle lui avait volé son enfance.

En fait, après la tragique soirée, c'est Fifi qui m'avait réconciliée avec Edmond. Elle avait trouvé l'idée de la crise d'épilepsie de Sofia et, à ma stupéfaction, je l'avais entendue lui raconter qu'elle avait oublié ses médicaments alors qu'il appelait simplement pour prendre des nouvelles.

Fifi s'excusait à la place de Sofia, insistait en disant qu'elle était encore toute retournée qu'une chose aussi cruelle lui soit arrivée dans le seul endroit au monde où elle aurait voulu briller, et elle me grandissait au passage en expliquant que j'avais trouvé une pharmacie encore ouverte et que j'avais sauvé mon amie.

Fifi ! D'où lui venait ce culot ! Son intervention fut efficace. Trois grands bouquets qu'aucun vase de la maison ne pouvait contenir suivirent et un mot d'Edmond à chacune de nous pour excuser sa légèreté et son incapacité à s'être rendu compte de la situation.

En attendant Fifi à son club de bridge, j'avais entendu un homme raconter à un autre qu'il avait épousé sa femme pour s'en débarrasser. Comment pouvait-on épouser une femme pour s'en débarrasser ? En acceptant d'aller à Mandalay, je ressemblais à cet homme du club de bridge, je savais que j'allais au bout pour en finir, que j'avalais la dernière bouchée du gâteau, celle qui rend malade mais qui guérit de la gourmandise.

10

À peine la grille du château passée, Edmond roula au pas, bien sûr, il y avait la terreur d'écraser le chien de sa mère, mais surtout la componction que suscitait le lieu. «Tout cela sera à moi», semblait-il se dire en contemplant les sculptures de bronze qui jonchaient la pelouse, les haies parfaitement taillées, les arbres éclairés et qui se dessinaient dans le noir comme une armée d'hommes pour nous escorter.

Ici tout était lisse, ordonné, discipliné, monumental.

Le château, comme dans les contes de fées, était niché au fond d'une allée qui n'en finissait pas, avec la forêt pour écrin.

Deux maîtres d'hôtel ouvrirent les portières en même temps, coordonnés comme ceux qui soulevaient des couvercles en argent dans le restaurant où Fifi et moi avions fêté ses cinquante ans.

Il fallait sortir de la voiture, abandonner le *Boléro* de Ravel qu'Edmond dirigeait d'une main en tenant le volant de l'autre. La voiture est un lieu entre parenthèses, un nulle part entre le départ et la destination finale. Et ce nulle part m'allait bien, cette étape flottante, ce temps mort, je le préférais au temps plein de la vie.

Ils emportèrent mes cadeaux et Edmond, qui connaissait les habitudes de la maison, me demanda de ne pas m'étonner s'ils revenaient métamorphosés, emballés à nouveau dans un papier rouge, enrubannés de satin doré pour respecter une certaine uniformité sous le sapin. Cela commençait bien, Éléonore m'avait prévenue sans préciser ce qui m'attendait.

Les vêtements ne sont pas des baguettes magiques et si la robe d'Éléonore ne m'apportait pas l'assurance escomptée, elle me mettait à l'abri de décalages intempestifs que Fifi aurait pu suggérer. Noël a une odeur. Une odeur commune à toutes les maisons, d'ailleurs elles se ressemblent toutes à cette époque. Noël habille, et ce vêtement familier, fait de boules et de guirlandes, de coupes débordantes de mendiants et de marrons glacés, me réconfortait et estompait un peu l'intimidante magnificence.

Nous sommes les seuls jeunes de l'assemblée. Edmond n'a eu droit qu'à un seul invité.

Les canapés sont aussi confortables que les sièges que je creusais dans le sable. Je me tais et je caresse à la dérobée le velours de soie, je le reconnais, il est plus doux, plus brillant, plus fragile et plus cher que le velours de coton. Fifi, au marché Saint-Pierre, m'a appris à les comparer. Mais en plus, de la passementerie et des broderies couronnent le tout ; je me relève. Clin d'œil complice d'Edmond, je tente d'y répondre, en vain, je ne sais pas cligner d'un œil. Il assiste atterré à ma malheureuse tentative. Impossible de le suivre sur tous les chemins. Connivence passagère. Il est à l'aise dans ce salon, comme un poisson dans la crique de Fédala. Il a beau en rire parfois, cette société est bien la sienne. Rien ne le surprend, ni les gens empesés dans des tenues théâtrales, ni les intonations haut perchées, ni le tralala. D'ailleurs, de l'extérieur on pourrait aussi penser que je fais partie de cette assemblée. Les jugements sont toujours hâtifs. Les murs ont une histoire et ils contaminent. Un roi est mort dans cette demeure, un autre y est né, d'autres encore y ont dansé au siècle passé et cela se sent. Les fantômes nous aident à tenir droit. Je vacille, mes talons sont trop hauts, j'attrape Edmond par le bras et une dizaine de paires d'yeux interprètent mon geste. Ces mêmes yeux qui me suivront jusqu'à la salle à manger aux miroirs désargentés et aux potiches chinoises. Je ne connais pas mes voisins, ni le plat que l'on me présente, des boules noires dissimulées sous une serviette. Ils semblent tous impressionnés par la quantité de boules, certains plaisantent, menacent de les cacher dans leurs poches pour l'omelette du lendemain. Ils ont les yeux qui brillent, comme s'ils mangeaient de l'or. Mon voisin me demande,

201

inquiet : « Vous n'aimez pas ? » Et, comme je dis que non, il me pique ma boule noire. Je n'aime pas la dinde non plus. Je préfère le poulet au citron. De toute façon, je ne pourrai rien avaler, la distribution des cadeaux plane sur ma tête. Il paraît que nous sommes appelés chacun à notre tour, comme à l'école, et qu'il faut se lever et assumer le choix que l'on a fait.

Mais, après deux ou trois histoires prodiguées par mes voisins de table, je compris ce qui nous attendait et quelle imprudence j'avais encore commise. Aussitôt le dîner terminé, la fête a commencé par la distribution entre invités, le tout orchestré par la comtesse, curieuse et passionnée de savoir à quoi nous avions bien pu penser les uns pour les autres. Aucun cadeau ne devait égaler celui qui lui était destiné. Puis elle offrirait le sien, et attendrait nos réactions. Voilà pour le programme des réjouissances. Un jeu embarrassant qui, visiblement, n'amusait qu'elle. Elle classait les êtres humains en deux catégories, ceux qui la distrayaient et les autres. Mon tour approche. Les regards se dirigent vers moi et, soudain, la comtesse m'appelle avec une force, une véhémence qui me fait penser à mon professeur de gym quand il voulait nous secouer.

Je ne sais pas s'il est plus embarrassant de recevoir ou de donner. Peut-être les deux.

On me regarde, je suis rouge de confusion, et le feu dans la cheminée, près de laquelle je me suis réfugiée, augmente mon embrasement.

La comtesse me prie de me lever. Honneur aux jeunes, j'ouvre le bal. Mon cœur bat, comme si j'étais désignée pour rendre un devoir que je n'aurais pas fait ou mal.

Je me lève, la classe me regarde. La maîtresse me fait signe d'avancer, agacée. « Allez, je ne vais pas te manger… » Je m'approche. Les yeux sont sur moi, ils pèsent lourd sur ma robe noire.

Alors on lui apporte un panier avec tous mes cadeaux réunis. Si au moins l'assassinat n'était pas public. Mais comme pour les jeux du cirque, l'intérêt est aussi dans le spectacle.

J'avance encore. La comtesse sort un lot du panier et lit sentencieusement : « Le cadeau de Maria-Lila à M. Untel. » M. Untel vient pour recevoir son présent. Il y aura donc vingt-deux personnes qui, à la suite, après avoir été appelées comme à l'école, se présenteront, bras en avant pour recevoir leur récompense. Je devrai subir vingt-deux regards déçus, quarante-quatre yeux réprobateurs plantés comme des poignards dans mon dos. L'emballage vaut plus que le contenu, j'aurais dû vendre la montre en platine de Fifi, le collier de perles de ma mère, j'aurais dû garder des enfants la nuit pour éviter cette infamie. M. Untel ouvre son paquet et la cruauté pousse la comtesse à l'inviter à s'exécuter devant moi. Il sourit en décortiquant le cadeau, une couche puis une autre, les maîtres d'hôtel ont ajouté une feuille de papier de soie mauve, et encore une feuille. Soudain, le cadeau enfin dépiauté, il dit :

203

« Maupassant, quelle bonne idée ! » Il est poli, il a d'ailleurs l'air de Bel Ami. Est-ce possible qu'il ne l'ait pas lu ?

Encore vingt et un tours comme celui-là, à entendre des « cela tombe bien, je n'avais plus rien à lire », etc. En fait, ils n'en reviennent pas, personne ici n'avait encore osé offrir des livres et personne n'ose manifester une quelconque déception devant un cadeau culturel, c'est l'avantage.

Après avoir ainsi égrené toute une bibliothèque, arrive le tour des invités et de leur déballage haut de gamme puis enfin, en vedette, celui tant redouté de la comtesse. Elle s'installe derrière une table de bridge, un maître d'hôtel à sa droite, une femme de chambre à sa gauche. L'homme attrape un cadeau au pied de l'arbre, vérifie sur l'étiquette qu'il s'agit bien du mien et lui susurre à l'oreille un nom… Pas de doute, c'est mon tour. Si le cadeau lui plaît, elle le pose dans une hotte digne du Père Noël ; sinon, il sera destiné au personnel. Toujours au vu et au su de tout le monde, elle le laissera tomber dans la corbeille à papier. Affreux. Mon cadeau allait s'écraser au fond d'une poubelle avec une remarque désobligeante et je me sentirais humiliée comme ceux qui sont bafoués alors qu'ils voulaient faire plaisir. J'entends la voix de Sofia résonner dans ma tête ; elle dit : « Pourquoi t'es-tu mise dans cette galère ? Une fois ne t'a pas suffi ? »

Sa main hésite, puis elle attrape mon cadeau, une main griffue aux abominables ongles rouges.

Je suis debout en face d'elle. La peur d'être ridicule me soulève la poitrine. Non, ce n'est pas un livre. Son fils m'a averti : « Maman ne lit pas, mis à part certains magazines. » Elle demande de la concentration, du silence, comme pour les cadeaux importants par leur prix ou pour ceux qui l'intéressent particulièrement. Elle fait durer le plaisir, elle a des difficultés avec ses mains. Personne ne doit l'aider, pas même la femme de chambre, sauf dans les cas extrêmes : ficelle sournoise ou pliage trop serré. Une couche de papier de soie, une seconde et mon présent apparaît. Je guette une grimace de dégoût, mais non, j'obtiens un sourire, ce qui dans l'échelle des notations est au-dessous des félicitations, qui ne concernent que les bijoux ou objets d'art, mais j'entre dans la catégorie des « cadeaux bien pensés », c'est-à-dire « pas de moyens, mais des idées », ce qui n'est pas mal.

J'entends derrière moi : « Qu'est-ce que c'est ? On n'a pas vu ! » On veut savoir : qu'est-ce qui peut bien faire plaisir à la comtesse sans sortir d'un écrin rouge de chez Cartier mais d'un carton aussi vulgaire que celui des supermarchés ?

« Quoi ? » Un collage ! Et qu'elle a fait de ses propres mains ! Comme c'est amusant, bonne idée. On peut voir ? Quoi, la comtesse en coléoptère !!! La jeune fille ne manque pas d'air ! »

Edmond m'avait donné une photo d'elle que j'avais transformée en coccinelle, avec des ailes rouges à pois noirs et des antennes sur la tête. Bien sûr que c'était un cadeau dangereux, mais au point où j'en étais, j'avais le droit de m'offrir, moi aussi, un petit divertissement. Elle se mit à rire en se regardant en gros insecte… « Avouez, dit-elle à une de ses amies, que c'est hilarant. » L'amie, résignée mais pas convaincue, opina de la tête.

La main de la comtesse vacilla entre le paradis et l'enfer et finit par tomber du bon côté. L'assemblée, admirative, me considéra. L'examen était réussi.

Juste après moi, la collection de trousses de toilette offerte par mon voisin atterrit entre les mains de la femme de chambre qui en avait déjà reçu trois dans la soirée. Pas de chance.

Puis la comtesse se plaignit : « Il n'y a pas assez d'ambiance ce soir ! » Alors un nouveau cercle de curieux vint en renfort assister au déballage.

Ils prirent place autour d'elle, ils connaissaient la leçon : les groupies devaient dire « Oh ! » ou « Ah ! », c'était selon. Ils avaient l'habitude. C'était une chorale bien réglée. À peine le présent avait-il surgi des couches de papier de soie que le chœur des louanges enchaînait : « Oh ! Ah ! » devant l'horloge de Lalique, tandis que la comtesse l'examinait de son œil avisé afin de vérifier qu'il s'agissait bien d'un modèle authentique et non d'une reproduction, et le chœur continua de plus belle.

Mais soudain les « Oh ! Ah ! » redoublent jusqu'à devenir une cacophonie, un triomphe. La comtesse se lève et annonce le clou du spectacle : *high point* « Et maintenant », elle ne dit pas mesdames et messieurs, mais on y pense tous, « et maintenant c'est le *from me to me !* » avec cette manie des anglicismes. De moi à moi.

Elle annonce le cadeau qu'elle s'est fait à elle-même ! Est-ce possible ? Edmond est sur la pointe des pieds, tant il ne veut rien rater du cadeau que sa mère se fait à elle-même. Il a beau se moquer d'elle, je découvre qu'Edmond est fasciné.

Les autres aussi. Le mari est parmi les invités. Il n'a pas de rôle. Elle les a tous pris.

Tout le monde accourt, ceux qui s'étaient dispersés près du bar se rapprochent, ceux qui osaient échanger quelques mots se taisent, le silence règne. Il manque les tambours.

Edmond me fait un clin d'œil, genre : « Tu vois, je t'avais dis que c'était bien, le spectacle vaut le coup, non ? » Alors j'acquiesce, je dis : « Oui, c'est super », et je lève mon pouce en signe de victoire, pour le rassurer. Il est content. Il pense que je me plais ici et que je vais accepter de rester dormir. Il tient son vingtième pull en cachemire à la main.

« Lève-toi… tu vas rater… » Je me lève sur la pointe des pieds, comme les autres. Je vois sa mère qui est très myope et qui a enlevé ses lunettes. Ce qui lui donne une tête nouvelle ; comme tous les gens qui vivent avec des carreaux vissés sur le visage, ils ont l'air flous, différents quand ils les enlèvent. Comme je le suis un peu, je sais que cela doit lui donner la sensation d'être seule avec son cadeau, que le monde autour d'elle s'estompe.

Elle a le nez collé dessus, elle défait avec difficulté la couche de papier. Elle ne se facilite pas la tâche, ses mains tordues ont du mal à venir à bout d'une telle présentation; elle ôte une couche, puis une autre, encore une autre, enfin un écrin, puis elle relève la tête, comme si elle nous disait: «Vous allez voir ce que vous allez voir...» Elle remet ses lunettes, regarde la salle. Quand elle a bien vérifié que toute l'assemblée est suspendue à ses gestes, elle ouvre l'écrin tandis qu'un brouhaha admiratif monte, sur une magnifique et énorme coccinelle pavée de rubis. «Oh! ah!» de mise. La comtesse ferme les yeux pour mieux jouir du moment.

Je demande à Edmond: «C'est le cadeau qu'elle s'est fait à elle-même?»

Il ne trouve pas étrange qu'une personne se fasse un cadeau à elle-même, qu'elle se l'empaquette et se l'offre en public le soir de Noël; non, il a l'habitude. C'est ainsi depuis qu'il est petit. Il est même admiratif: «Tu as vu comme c'est beau!»

Je réponds: «Oui, c'est beau», convaincue que quelque chose cloche entre nous. «Et toi, qu'est-ce que tu as eu? me demande-t-il. Tu ne m'as même pas montré.»

Des gens inconnus m'avaient offert des accessoires de mode susceptibles de plaire à une fille de mon âge.

Le sol était jonché de papier de soie de différentes couleurs, de boîtes en carton aux enseignes de toute l'avenue Montaigne, de coffrets doublés de tissu en soie vive, ouverts, vidés de leur contenu, luxueuses carcasses des grandes maisons.

Sur les canapés se déroulent un certain nombre de petites tragédies entre amis. Une femme a reçu le même présent qu'elle a offert, une autre déballe un châle alors que sa voisine exhibe un bijou. Les larmes la guettent, pas celles du chagrin, l'affection n'a rien à voir dans tout ça, juste la désagréable certitude d'être moins importante dans l'échelle des valeurs de leurs hôtes.

Les regards inquiets et comparatifs fusent de partout, c'est la place, le rang, le poids dans la vie des autres qui se joue ici. Perfidie. Le jeu n'était pas qu'un jeu.

J'ai vingt ans, je ne sais pas où je veux aller, mais je sais où je ne veux pas aller.

11

Fifi m'attendait derrière la porte. Jusque-là rien d'anormal, les femmes de la famille n'ont pas seulement une propension à pleurer, mais à attendre aussi. Cette fois pourtant ses paupières n'étaient pas rouges comme quand elle larmoyait en épluchant les oignons ou en regardant un feuilleton à la télévision ; non, cette fois, elles étaient gonflées, dévastées, ses yeux semblaient des fentes et tout le visage était tuméfié telle une plaie.

— Qu'est-ce qui se passe ?

Fifi leva avec peine le regard vers moi, des larmes coulaient, des larmes qui venaient de loin. Était-ce parce que j'avais passé la soirée à Mandalay ? Impossible. Fifi se réjouissait toujours de mes sorties. Elle avait encore perdu au bridge ? Non, ses défaites l'atteignaient, mais pas à ce point, pas jusqu'au sang dans les yeux, et elle n'avait pas eu le temps de refaire sa vie et de rompre en une seule soirée.

— Qu'est-ce qui se passe ? lui demandai-je à voix basse, comme l'on s'adresse à un enfant.

Je l'ai prise dans mes bras, mais l'heure n'était pas aux embrassades, ses bras me repoussèrent, tendus comme lorsqu'elle m'avait appris à danser le slow avec les garçons trop entreprenants. Fifi devait me parler.

— Dis-moi...

— C'est trop horrible. Ce sont des choses qui ne devraient pas exister. Pas les enfants ! Pas les enfants !

Puis elle en appela à Dieu et se rétracta aussitôt. Elle dit :

— Il n'est pas là, Il nous a abandonnés. Où est-Il ? Et elle tourna la tête de gauche à droite comme si elle cherchait Dieu dans la pièce. Il n'existe pas, dit-elle en sanglotant. Et s'Il existe, je suis fâchée avec Lui, pour toujours !

Et elle se frotta les yeux avec ses poings serrés.

— Calme-toi. Dis-moi ce qu'il se passe... Dis-moi, je t'en supplie. Parle !

— Je n'irai plus jamais à la messe, dit-elle encore.

— Je sais, tu es fâchée avec Dieu. Mais pourquoi ?

Alors, elle a pris sa respiration, comme avant de plonger du rocher le plus haut de Fédala, et elle a dit d'un trait, les yeux fermés :

— Sofia est morte.

Puis la voix étranglée par un sanglot, elle a ajouté :
— Elle s'est fait renverser par un automobiliste.

Ses bras se ramollirent et elle s'effondra contre moi. Moi qui à ces mots ne tenais plus debout, et nous sommes tombées l'une contre l'autre comme deux fusillées. Fifi me caressait la tête en reniflant bruyamment. Elle répétait : « Pas les enfants. » Elle disait que Sofia n'avait pas commencé à vivre. Et malgré le chaos, le désespoir, la confusion, je n'étais pas d'accord avec cette phrase. S'il était possible que Sofia soit vraiment morte, je savais qu'elle avait vécu dans le monde de l'enfance. Et elle était morte à la fin de l'enfance. Elle était morte vieille enfant alors que les gens meurent vieux adultes. Personne n'aurait pu la convaincre des avantages de la seconde étape par rapport à la première. Surtout pas après son voyage à Paris qui demeurera mon plus grand échec. Le monde de Sofia était resté la grotte aux coquillages, Bobby et les Férandis, et c'était bien ainsi. L'incursion dans l'autre monde l'avait confrontée à un univers qu'elle ne pouvait appréhender.

La moquette turquoise irritait ma joue. Autour de nous, la gaieté des couleurs était anachronique.

Je fermai les yeux. J'absorbais les mots de Fifi comme des gorgées de poison. J'essayais d'y échapper. La moquette bleue comme la mer et les souvenirs que l'Océan apportait. Sofia était partout, sur la barque, dans la grotte, à la pêche, et les trois mots de Fifi me rattrapaient, quel que soit le coin de mon cerveau où j'allais me réfugier. Les mots grondaient, tambourinaient et m'emportaient du côté du malheur.

Pas d'échappatoire possible. Les mots me transmirent peu à peu leurs effets néfastes. Pas une seconde d'hésitation, d'interrogation, de contestation. J'aurais pu lui dire : « Un feu de signalisation ? Mais il n'y a pas de feu dans ce patelin perdu ! » Elle m'aurait répondu que l'on venait d'en installer un et je me serais insurgée contre la civilisation. Je n'ai rien dit, je ne me suis pas débattue, je l'ai crue, j'ai avalé le poison d'un coup. Comme une gorgée d'acide, ses paroles faisaient leur chemin à l'intérieur de mon corps et me détruisaient à mesure qu'elles avançaient en moi, apportant leur sinistre message : « Sofia est morte. » Si je survivais, je ne serais plus jamais la même, trois mots avaient suffi. Je serais moi sans elle, une autre personne. Elle habiterait à l'intérieur de moi dorénavant. Je ne la verrais plus. Plus d'arrivées intempestives, plus de pulls en laine sur une jupe de plage, plus de fous rires, de menthe fraîche et de gâteaux au miel dans les valises. Plus de confidences, mort des confidences et de l'argent dans les chaussures.

Une vague m'apporte des souvenirs et la douleur me les retire : « Tu ne la verras plus jamais », dit le ressac.

214

— Elle est morte à l'hôpital après quelques heures de coma. Il valait mieux, tu sais, elle était toute cassée.

Elle pleure, elle se débarrasse des mots qu'elle ne peut plus garder. Elle dit « cassée » comme pour les poupées.

— Sofia a traversé quand le feu passait au rouge et à ce moment-là, une voiture a accéléré.

J'ai posé mon sac débordant de cadeaux sur le sol et je me suis assise sur le canapé en mousse turquoise de l'entrée. Je n'écoute plus Fifi, je ne veux plus rien savoir. Un automobiliste avait ravi la vie de Sofia et la mienne avec. Voilà.

Je sens en moi se former la place du vide ; ce vide que rien ni personne ne pourra combler prend forme dans ma poitrine. Je ne suis plus que ça. Un sentiment de solitude qui, je le sais, ne me quittera plus jamais à partir de cet instant. Il est même possible que toute ma vie je tente de le combler, que toute ma vie, je cherche une personne qui lui ressemble et que ce sentiment, comme une plaie, devienne encore plus aigu et plus douloureux avec le temps. Me revient en mémoire la phrase de Mme Férandis à la mort de son mari : « Si j'avais su, j'aurais été heureuse. » C'est étrange, cette phrase qui survient dix ou douze ans après, je devais avoir huit ans quand elle a prononcé ces mots. Moi aussi, si j'avais su j'aurais été heureuse. On doit être beaucoup d'idiots sur terre à avoir raté le coche et à penser ce genre de choses.

— J'ai réservé deux billets, ta mère nous attend. On part ce soir à Fédala.

Sofia ne nous attendait plus. Ce sera le voyage le plus triste de ma vie. Il était onze heures du matin. Fifi avait dû apprendre la nouvelle dans la nuit. Fifi et maman avaient passé leur réveillon à pleurer au téléphone.

Une pensée égoïste traverse mon esprit : « Qui me contredira à présent ? Qui me dira que je me trompe ? Qui me mettra en garde contre moi, me pardonnera et m'aimera quand même ? »

Sofia était ma seule confidente. Mort des confidences. Je pleure sur mon sort, sur ma meilleure amie.

J'aime marcher longtemps chaque jour ; quand je marche, mes souvenirs me reviennent ; il m'arrive parfois de rire quand je pense à ses pieds plats, incapables de la diriger droit. Je pense à nos discussions sur la plage, je vois sans cesse des lieux perdus, je vois notre cabane en osier au fond du jardin, je vois la crique aux coquillages, je vois Fifi déballant des soutiens-gorge dans la salle à manger devant nos regards ahuris. Je vois notre école, la cour avec l'arbre planté au milieu du ciment, nos marelles dessinées à la craie, nos nattes se balancer sur nos tabliers marine. Sofia est la première morte de la classe, la première morte de notre âge, la première morte de ma vie. Je me promène souvent parce que c'est en marchant que je la retrouve le mieux. Je me dis que j'ai connu le bonheur, sans le savoir, un bonheur de dormeur.

Il y a toujours une part de soi qui attend autre chose. Personne n'est complètement là où il est. Mais j'ai connu le bonheur, je le sais maintenant.

Christine Orban
dans Le Livre de Poche

Deux fois par semaine n° 30815

Pouvez-vous répondre à une seule question ? Si je vous parle et que vous parveniez à me guérir, ce sera pour vivre quoi ?

Fringues n° 30027

Des fringues : des apprêts, des atours, des atouts, un étourdissement d'étoffes et d'artifices où les hommes se prennent, s'ébahissent, s'enthousiasment... Pour Darling, la vie ne serait pas, n'est pas vécue sans la robe qu'il faut, le jupon et le décolleté, l'escarpin et l'étole...

La Mélancolie du dimanche n° 30503

Les dimanches ne sont pas des jours comme les autres. Surtout quand une jeune femme retrouve la lettre perdue de l'homme qu'elle a aimé dix ans auparavant. Quel danger court-elle à l'ouvrir ?

Le Silence des hommes n° 30332

Elle s'appelle Idylle, il s'appelle Jean. Un jour, leurs regards se croisent. Trois ans plus tard seulement, ils commencent à vivre une passion enivrante, mais qui trouve sa limite dans le silence de l'homme.

Du même auteur :

Aux Éditions Albin Michel

Le Collectionneur, 1993.
L'Âme sœur, 1998.
L'Attente, 1999.
J'étais l'origine du monde, 2000.
Fringues, 2002.
Le Silence des hommes, 2003.
La Mélancolie du dimanche, 2004.
Deux fois par semaine, 2005.
Petites phrases en cas de tempête… et par beau temps aussi, 2007.
La vie m'a dit…, 2009.
Le Pays de l'absence, 2011.

Chez d'autres éditeurs

Les petites filles ne meurent jamais (sous le nom de Christine Rheims), éd. Jean-Claude Lattès, 1986.
Le Fil de soi, éd. Olivier Orban, 1988.
Une année amoureuse de Virginia Woolf (sous le nom de Christine Duhon), éd. Olivier Orban, 1990.
La Femme adultère, éd. Flammarion, 1991.
Une folie amoureuse (en collaboration avec Olivier Orban), éd. Grasset, 1997.
Ungaro, éd. Assouline, 1999.

Composition réalisée par IGS-CP

Achevé d'imprimer en mai 2011 en Espagne par
BLACK PRINT CPI IBERICA, S. L.
08470 Sant Andreu de la Barca (Barcelona)
Dépôt légal 1re publication : juin 2011
Librairie Générale Française
31, rue de Fleurus – 75278 Paris Cedex 06

31/6022/3